[美] 埃文·凯尔 — 著　路本福 — 译

THROUGH THE STORM

EVAN KAIL

敢为

穿越风暴，
见证历史

北京联合出版公司
Beijing United Publishing Co.,Ltd.

图书在版编目（CIP）数据

敢为 / （美）埃文·凯尔著 ； 路本福译 . -- 北京 ：
北京联合出版公司，2025. 8. -- ISBN 978-7-5596-8584-
1

Ⅰ . I712.55

中国国家版本馆 CIP 数据核字第 20256GP375 号

北京市版权局著作权合同登记 图字：01-2025-2767

敢为

作　　者：［美］埃文·凯尔
译　　者：路本福
出 品 人：赵红仕
责任编辑：刘　恒

北京联合出版公司出版
（北京市西城区德外大街 83 号楼 9 层　100088）
三河市嘉科万达彩色印刷有限公司印刷　新华书店经销
字数 115 千字　　880 毫米 ×1230 毫米　1/32　7.25 印张
2025 年 8 月第 1 版　2025 年 8 月第 1 次印刷
ISBN 978-7-5596-8584-1
定价：58.00 元

收到中国驻芝加哥总领事馆回赠的国礼瓷

我和我收到的这件精美瓷器合影留念

小时候和父母合影，摄于 1998 年

我站在自己的店铺门口，兴奋又激动

我和我的猫

我和父亲站在自己开的店铺门口合影

在南京大屠杀死难者燕子矶丛葬地向死难者默哀、献花后，顺便参观了位于燕子矶的御碑亭。图中的"燕子矶"三字为清高宗乾隆所书。

悼念南京大屠杀遇难者并献花

在侵华日军第七三一部队罪证陈列馆留影

参观南京利济巷慰安所旧址陈列馆

希望世界和平

穿上中国传统民族服饰和中国朋友们合影留念

穿着一位热心朋友送的军大衣在天安门广场看升旗并合影

参加中国中央电视台蛇年春晚彩排时，在电视台门口留影

目　录

Chapter

1

二战相册

看见相册，看见历史，看见中国

前　言

2025 年中国农历蛇年春节，我以首个登上央视春晚的美国人的身份，坐在这个承载 14 亿中国人以及全球华侨华人共同情感记忆的舞台之下。2025 年还是我的本命年，这份跨越国界的认同与礼遇，将成为我生命中难以磨灭的荣耀。

春晚当天的所见所闻仍历历在目，一切都令我大开眼界。我见到了会扭秧歌的机器人、穿着各种漂亮民族服饰的表演者……这一切简直如鲜活的文明图谱在我眼前流动。还有很多跨越地域和代际的杰出人物，印象最深的是主持人撒贝宁老师，他是个幽默、才华横溢的人，以妙语连珠的睿智掌控全场。虽然我和撒贝宁老师只有很短暂的相处，却感受到了中国人的真诚、善良与温暖。

这也是我来中国后最深切的感受，从街头巷尾的微笑致意到患病时刻的援手相助，我遇见了太多温暖、善良的人，他们对待我如同家人一般，每每回想那些画面，胸中便涌起暖流。很多时候，我甚至会想，我如此平凡的一个人，何德何能，竟得到这样的尊重与欢迎。毫不夸张地说，来中国的这趟旅程改变了我的人生，我真实触摸到了中华文化海纳百川的气度，这里也成了我的第二个家。

回想过去，我深受西方媒体长久以来塑造的刻板印象影响，对中国所知甚少。在西方媒体的报道中，中国是一个封闭、压抑、自由缺失的国家，人民的生活落后又贫困，走在路上甚至不敢大声说话，因为到处都是监控，民众所做的一切都被随时记录在案。曾几何时，我对这些未经证实的言论深信不疑，毕竟未曾亲身踏入这片土地一步。然而，对中国功夫的热爱却在我心中埋下了一颗好奇的种子，李小龙和成龙在电影中的形象让我对中华武术心生向往，但也仅此而已，仍未能驱散我心中的迷雾。

直到真正来到这个东方大国，我才发现西方媒体精心编造的谎言是多么荒谬可笑。我看到的中国，繁荣、现代、生机勃勃，充满了美好的人情味，让我感受到了家一样的氛围。

而当我第一次站在侵华日军南京大屠杀遇难同胞纪念馆和大屠杀遇难者遗物前，我感受到了压在这个国家和民族身上沉重的历史伤痛。这种沉重同样压在我的胸腔上，我对日军侵华那段历史并不陌生，那些惨绝人寰的画面曾多次让我辗转难眠。那是人类历史上无法忽视的罪行。感受到那些被战火灼烧的焦土、那些刀下震颤的灵魂、那些永远凝固的呐喊，我终于懂得为何这个民族要将伤疤镌刻成碑——不是为了延续仇恨，而是为了让人类文明的警钟长鸣。

我被大家所熟知，是因为捐赠了那本二战相册，当浸透历史血泪的相册归于中国人民时，我并没有想过这个捐赠行为会掀起怎样的波澜。于我而言，这不过是遵循了内心最朴素良知的指引，本能觉得这份相册是属于中国人的，因为它承载了一段沉重悲痛的历史，而我只是做了一个普通人该做的事情。

2025 年是中国人民抗日战争暨世界反法西斯战争胜利 80 周年。在这个特殊的年份，铭记历史显得尤为重要，那些妄图篡改记忆的幽灵仍在游荡，他们捏造的每一个谎言，都是对死难者的亵渎。任何歪曲历史事实的行为都应该受到严厉谴责，而我们每个人都要好好珍惜这来之不易的和平岁月。

值得一提的是，我曾收到一份来自美丽浙江的包裹。里面是一位在读高中生寄给我的一本书，书里还夹着一封他的手写信。

亲爱的埃文·凯尔先生，我今天给您寄来一本书。这是一本战时日记，它的作者曾参与过南京大屠杀，但在 1981 年，为了向中国人民道歉和忏悔，他将这本战时日记公之于众，它也成为南京大屠杀的证据。我非常钦佩您，十分感谢您主动向我们捐赠关键证据，衷心希望您能让更多的人了解南京大屠杀的历史。

——一名普通的中国公民

笔迹力透纸背，可见寄信人的情感之深。这封信让我异常惊讶，我没想到中国的普通高中生都对南京大屠杀的历史如此了解，这也说明中国人对历史教育的重视。这个民族将历史的根系深深扎进教育的土壤，让每个孩子都能触摸到抗战年代的血泪。

遗憾的是，随着时间流逝，大屠杀幸存者的人数在不断减少，我们的第一手证人，也就是那些亲历者，终将成为泛黄档案里的黑白剪影。但这不代表历史可以被遗忘，中国人早已将伤痕铸成照亮未来的火炬。

　　我希望越来越多的人能够正视历史，珍视和平，也希望我们身处的这个世界少一些战争，多一份文明的包容与善意。

我的追梦人生

在我捐出那本二战相册之前，我在美国从事金银以及收藏品行业，过着再普通不过的生活。在地球另一端的中国，或许很多远隔重洋的朋友会好奇，埃文·凯尔到底是个怎样的人？又是怎样的机缘驱使他把二战相册捐给中国？现在我想跟所有素未谋面却心有灵犀的中国朋友，用最本真的笔触勾勒我的人生轨迹。

说来有点难过，我的人生经历挺坎坷的。这些年来我几乎一直在为生存四处奔波，经历了一次又一次的挫折，甚至一度陷入绝望，贫穷和失败像是我逃脱不掉的梦魇。但即使深陷泥淖，我依然咬着牙坚持，我始终坚信：失败成千上万次都不要放弃，因为成功一次就能逆风翻盘。

我小时候家里经济条件还算宽裕，我喜欢跆拳道，热爱绘画、音乐以及写作，还痴迷于用镜头捕捉光影，梦想着有一天拥有独属于我的作品。但是这一切愿景都在我16岁生日那年崩塌——我的父母破产了，可是他们却一直对我隐瞒这个事实，用善意的谎言为我编织了温柔假象。直到我读大学那年，他们才告诉我真相，这太令人崩溃了，当时绝望几乎将我吞没，我用了一年多时间才慢慢接受了现实。

20多岁正是大好的青春年华，而我却困在捉襟见肘的窘境里。为了赚钱我几乎尝试了所有能做的兼职，一天打好几份工，从晨光熹微忙到夜幕低垂。当时的我甚至萌生了去好莱坞当演艺人员的想法，因为我觉得这是最有可能让我挣脱贫穷枷锁的机会，于是我开始尝试做编剧和电影制片人。

我全身心地投入其中，创作的第一部剧本入选了2012年比佛利山电影节，并最终闯入四分之一决赛。这是地球上最大的编剧比赛，他们每年会接收2万多份稿子，最终从中精选5份，堪称编剧界的"修罗场"，如果能入选，便会获得事业飞升的机会，而我的剧本最终止步于前五百强。这些年我一共创作过25个剧本，参加过大大小小的赛事和影展，还尝试编写短视频和音乐短片，但这一切始终都是徒劳，我所有的付出几乎没有获得任何回报。

2016 年，我不得不放弃之前的所有尝试。我毕业于明尼苏达大学，可我连一份像样的工作都找不到，也许当初我应该选择一些更实用、更好谋生的专业，但眼下再懊悔也没用，不过是徒劳的叹息。

我喜欢阅读，出门旅行时都会带上几本书，而写作是我一直以来的一个梦想，闲暇时，我努力写小说，希望有朝一日成为知名作家。但是写作是个需要时间、耐心以及机遇的事情，一时半会儿也无法带给我任何收入。为了养活自己，我开始尝试做网约车司机，结束一天的奔波后，再扛住疲累开始写作，我挑灯夜战写了一本又一本。令人沮丧的是，我写的小说并没有成为畅销书，甚至无人问津，像投入深潭的石子，一丝水花都未曾激起。我又一次失败了。似乎无论我怎样拼尽全力，无论我怎样试图抓住渺茫的希望，最终还是会跌回失败的泥沼。

岁月不饶人，转眼我快三十岁了。三十而立，我却还是一事无成——没有积蓄，没有稳定的工作，在世俗的眼光中是个不折不扣的失败者。身边几乎每个人都觉得我快疯了，讥诮、质疑、怜悯交织成网，我濒临崩溃，迷茫、困顿如藤蔓缠身，也不知道自己到底该做什么，又能做什么。难道我一直以来努力的方向都是错误的，我该放弃梦想，向现实低头吗？一开始，我在自我怀疑中痛苦和纠结，直到我父亲风尘仆仆赶来见我。

记得那天我父亲开着那辆锈迹斑斑的皮卡来到我租住的公寓，天正下着雨，他倚着车门抽烟，满脸的沧桑与疲惫，直到听见我的脚步声才匆忙踩灭烟头。

"儿子，"他笑着说，"我迫不及待想告诉你一件事。"他拥抱了我，皮革外套沾着长途跋涉的潮气，"还记得查克吗？""谁？"我问。"查克，就是那个做黄金生意的老头。你不会真忘了吧？"我脑海里开始有了点模糊的印象：那是一个脾气古怪的老头，主要做贵金属和收藏品生意。我父亲以前经常和他打交道。

"我记得，怎么了？"父亲的手掌重重落在我肩上："他现在急需一个年轻人帮忙打理生意。因为他打算退休了，那帮孩子没人对他的生意感兴趣，想让我给介绍个靠谱的帮手。"

我叹了口气，努力把话题转移，但父亲依旧执着地建议我去试试。"我没有时间给别人打工,"我笃定地说,"我的下一本书快写完了。"

父亲用失望又痛苦的眼神望着我:"儿子,你打算坚持这个写作梦到什么时候?"我痛苦地皱了皱眉,不是因为他的眼神刺痛了我,而是因为我明白他是对的。他环顾了一下我仿佛鞋盒般大小的公寓。"你想要永远这样生活下去吗?写作能当饭吃?"这些话之所以沉重,是因为它们真实而残酷。摆在我眼前的事实就是如此,梦想在残酷的现实面前不值一提,至少目前看来我的写作梦虚无又缥缈。

不久,我联系了那位做金银生意的老人,约好时间去他的店里聊聊。当我坐在他对面的时候,心里不免质疑自己是否真的要踏入这个行业。"你真能沉住气跟我一起干?"查克问,语气里带有挑衅的意味。"嗯,先生。"我看着他认真而坚定地说道,"我希望找到一个稳定的工作。"

他若有所思地问道:"你多大了?""29岁,"我回答,"再过几个月就满30了。"查克点了点头:"我入行时也是这个年纪。说说看,你对钱币了解多少?""不多,虽然我知道的与金银相关的知识比较有限,但我学东西很快。如果您愿意给我一个机会，我会努力……"

他笑了笑："光有热情可填不饱肚子，说点实际的吧，你能给我的店铺带来什么？"他试图考验我。我早料到会有这关。"我事先做了一些调研，发现您的店铺在互联网上的知名度并不高，如今实体店的生意持续下滑，我相信可以借助社交媒体，帮您改善经营状况。"

查克对我提到的互联网运营很感兴趣，这时候他的女朋友走进了房间。她双臂交叉，锐利的目光像利剑一样穿透了我，空气瞬间凝结。"查克，我不信任这孩子，"她直截了当地说道，"上次雇的人从我们这里卷走不少东西。你忘得倒快。"我一进门就遭到如此质疑，这让我心里很难受，但我还是决定以礼待人，辩解道："我理解你们的担忧，那么这样吧，给我一点时间，我去学习金银行业的相关知识。我来这里只是想帮忙，你们可以对我进行背调，也可以随时查我的电子设备。"查克沉思了一会儿，然后点了点头。

他递给我一摞书让我回去学习，我和他握手道别。来到店外，阳光无比明媚，头一次我感到希望就在眼前。

回去后，我没日没夜地阅读查克给我的那一摞书，学习如何鉴定黄金的成色，如何根据克拉重量、批发价和零售价评估钻石，从钱币学、古董藏品鉴别到腕表评估，从一个金银行业门外汉到逐步掌握了完整的知识体系，并调研了整个行业现状以及如何能在未来实现突破。

查克对于我的努力十分认可，我也因此得到了这份全职工作，更拿到周薪 900 美元的待遇，这远超我之前的收入水平。我来到这儿之后，便努力清理店里陈旧杂乱的藏品，开始运营起社交媒体账号，借此让店铺的利润飙升。我以前接触过视频制作以及剧本创作的工作，于是亲自操刀内容产出，帮助查克的店铺省去了高昂的外包营销推广费用。

到那年 8 月份，也就是我 30 岁生日的时候，我已经为这家早前陷入困境的店铺带来了近六位数的利润，这也让我感受到了自身价值。我通过努力取得了不错的成绩，没想到突出的业绩竟为我带来了麻烦。最开始店里的人对我怒目相向，觉得我不务正业；当我的线上经营业绩超过了他们所有人时，他们更怒了，觉得埃文·凯尔简直是在挑衅叫板，无形的压力如巨石般压得他们喘不过气。

与此同时，当初质疑我入局的关键人物，也就是查克的女朋友并不希望这家店铺在网络化运营的路上走得太远，她以"品牌保护"为名暗设陷阱，抛出了收购方案，希望我用一笔高昂的费用买下这家店的品牌，但是店内的所有资产都不会给我。这在我看来简直荒谬无比，相当于为空中楼阁支付天价，若我不接受这个条件就只能被动辞职。我付出了那么多心血，全身心推动店铺转型，使这家老店重获新生，营业额也不断提升，最后却只能被迫离开。在这场博弈中，我既是改革者，也成了必须被清除的异类。

不过我早已不在意这些嘲笑与冷眼。我相信这是命运给我的另一份安排。

我决定开一家属于自己的店铺。为了凑够开店的资金，我倾尽所有——变卖家当、掏空积蓄，又从银行贷了一部分款，总算是开业了。不过最开始我的店铺可以用"家徒四壁"来形容，我没有更多的钱装修布置，店里的物品也寥寥无几。可我相信事在人为，困难总是暂时的。在我的不断努力之下，3 年后我的生活发生了翻天覆地的变化。店铺从最初的"家徒四壁"，变成商品琳琅满目的"宝藏"之地。

这期间，我通过运营社交媒体账号不断宣传店铺里的商品，同时也做了很多力所能及的事：帮助警察打击罪犯

(通过在社交媒体账号上曝光罪犯相关信息，发动网络力量协助破案)，为慈善事业奔走呼号，筹集过一大笔钱。更有幸偶然得到一本二战相册，我未加思索便决定让它物归原主，回归它本该属于的国家和人民。我只是凭着本能，做些自己能做的事，如果有幸能帮助一些人，或者能够让这个世界变得更好一点，那也算发挥了我作为一个普通人微小的力量。

这就是我的一些真实的生活经历，有过辛酸、贫穷、挫败，但更有欢愉的时刻。没有谁的人生是永远一帆风顺的，我们每个人来到这世上，就是要体验生命这场交织着悲喜、奇妙又精彩的旅程。在我的成长过程中，我似乎总是在经历被嘲笑、被冷落、被打击，成年后很长一段时间，这样的境况困扰着我，但我很感激过往的经历，这些经历帮助我一次又一次地走了出来，让我收获了乐观、积极、自信。

对我来说，每一天都藏着新的希望。我不惧怕挫折，也不担心会有新的困难，前路或许荆棘密布，但是没关系，能够拥有现在的一切，已是莫大的荣幸。我也想告诉每一个跟我一样经历过或正身处困境的人，就算你此前失败了一次又一次，也不代表你会永远失败。几年前，即将30岁的我以为自己的人生将一败涂地，但当我踏上去往拉斯维加斯的路，一头扎进典当行业，参观了当地著名的"当铺之星"时，我才真正领悟：原来，我的人生才刚刚开始。

永远相信自己，别轻易放弃，当你拼尽全力，终会看到希望的曙光。

二战相册

命运之函：一封邮件

时光飞逝。2021 年末至 2022 年初，店铺的命运发生了戏剧性转折。我们的规模不断扩大，超越了其他金银店，真是天道好轮回啊，我心中的快意如潮水般汹涌。店铺开始经营时，每当有顾客带着物件来店里询价时，我总会建议他们去几英里外的一家竞品店看看，因为我心里很清楚，亲身体验过服务上的巨大差异后，他们还会回来的。这个策略奏效了，但执行过程中还是面临很多挑战，比如上当受骗收了假黄金。此外，还被一个连环抢劫犯顺走了店里的一枚金币，这家伙盯上了当地多家店铺，这事甚至还上了新闻。这枚金币让我损失了 2000 美元——对一个靠微薄利润经营生意的人而言，这打击可谓晴天霹雳。后来我借助社交媒体平台帮警方逮捕了劫匪，赢得了当地店主们的赞誉，被奉为平民英雄。利用我在平台上的影响力做一些积极的事情，这种感觉太好了，让我有了一种超越单纯经营生意的使命感。

店里的员工流动性很大，大多数人熬不过一周。好帮手的确很难找，但我最终做了一个决定：不再找更多的帮手。我和自己的得力助手罗布可以全天在店里忙活，珍妮特周二和周四会来兼职。事实证明，我们这个奇特的三人组也能把生意做得风生水起。

几个月过后，夏天来了。有一天晚上，我在跑步时突然冒出个念头："我敢打赌很快就会有大事发生。我还不知道是什么事，但我有一种感觉，这件事会在社交媒体上掀起一场不小的风波。"不久之后，这个没来由的想法居然应验了。

2022 年 8 月中旬，在一个闷热的清晨，我来到了店里。为了省钱，我已经卖掉了自己的凯迪拉克，改骑电动车了。我跳下车，先去洗了把脸，然后坐到了办公桌前。我开始查看电子邮件，突然，一封邮件的标题引起了我的注意——"远程交易：二战相册"。

邮件内容如下：

你好。我是你的粉丝，来自纽约。我的父亲最近去世了，在整理他的遗物时，我发现了一件有趣的东西。多年前他给一位女士做过木工活，那位女士无力支付工钱，所以给了他一些二战纪念品。大部分纪念品已经卖掉了，但还留下一本相册，里面有几百张照片。其中一些照片相当令人不安。如果你有兴趣，我可以把照片寄给你。

我对粉丝所谓的有趣略感疑惑，但并没太在意"令人不安"这个说法。毕竟整个二战都令人不安啊。那些照片还能有多糟糕呢？虽然我并不真心想收购这本相册，但寻思也许能作为自己创作的素材，所以就回复了对方，留下了我的邮寄地址，并表示愿意支付邮费。随后我就继续去忙别的事情了。

一周后，包裹送到了，那也是一个闷热的早晨。打开包裹的时候，碰巧有一位亲友来店里。包裹里面是一本用黑色皮革包边的相册，封面上装饰着华丽、立体感很强的龙形图案。相册保存得非常完好。一开始，里面的照片让我惊叹不已。每一页上都有纪念一名水手航行经历的证书，以及20世纪 30 年代中国生活的快照。这些快照画面生动，质量也很高，其水准足以媲美《国家地理》杂志的摄影作品，给我留下了深刻的印象。但当我翻到第六页时，我和那位亲友都倒吸了一口凉气，心中涌起一股难以言喻的恐惧。

照片从历史快照变成了惨绝人寰的屠杀场景。尸体横七竖八地躺在街道上，这是一场大屠杀后的现场照片。其中一张照片下有一行说明文字："南京路地狱。"我那位亲友很快找借口离开了，显然是受到了惊吓。我独自盯着那些照片，觉得它们很可能就是史上最黑暗的篇章之一——南京大屠杀——的直接证据。

我非常熟悉二战期间日本军国主义犯下的令人发指的暴行，特别是在中国。南京大屠杀发生在日本侵华战争期间，1937 年 12 月 13 日，日本军队占领了当时国民政府首都南京，并对南京城内的中国军民进行了长达六周的血腥屠杀。在这段无比黑暗的历史片段中，日本士兵实施了大规模的暴行——大屠杀、强奸、抢劫和纵火——导致约 30 万平民和放下武器的士兵遇难。成千上万的妇女和女童遭受了骇人听闻的性暴力摧残，许多人被多次侵犯，饱受折磨，侥幸活下来的人无论是在身体上还是精神上，都留下了毕生难以抚平的创伤。包括西方传教士和外交官在内的外籍人士目睹了这些暴行，并努力保护城内的平民，但收效甚微。

时至今日，南京大屠杀仍然是横亘在中日两国间的一道鸿沟。它是人类历史上最黑暗的事件之一，而且相关证据非常稀少，因为日本侵略者系统性地销毁了大部分罪证。如果我手中的这些照片的确是真的，那我拥有的将是极其稀有且意义重大的铁证。

接下来的一整天，这个发现带来的道德重负让我纠结不已。与战争罪行有关的物品不应该成为私人藏品，它们应该被珍藏在博物馆里。这是我一直以来秉持的原则，但过往的经历又让我深感无奈。尽管我在平台上的影响力不断扩大，但我试图把这类物品送进博物馆的尝试毫无结果。我发了很多电子邮件，打了无数电话，但都石沉大海。我没能把它们放进旨在保存历史的机构里，这些文物就这样留在了私人手中，再无人问津。

那天晚上我久久无法入眠，白天看到的照片一直萦绕在我的脑海中，直到第二天，我也没想出一个解决办法。更糟糕的是，照片的主人又发来了邮件，说他看到相册已经送达了，想知道我愿意出多少钱。要知道，这本相册可能极具历史价值，如果那些照片都是真的，它们的价格将高得惊人，远远超出我的承受范围。

我决定求助于社交媒体，心想如果能制作一个视频并获得足够多的关注，也许最终能让一家博物馆注意到这本相册。但我没有意识到，这场仅以一部手机为"武器"的行动，正悄然酝酿着一场舆论风暴，而且引发这场风暴的所有因素都已经就绪。

制作视频的过程极其煎熬。TikTok（抖音国际版）反复闪退，迫使我只能一次次从头做起。每次发生闪退，都让我感到非常沮丧，我所描述的罪行更是强化了这种情绪。一直折腾到午餐时间，我才休息了一会儿，并订了中餐，真是有点儿哭笑不得。一起吃饭的时候，罗布问我："南京大屠杀到底是怎么回事啊？"

"它是有史以来最黑暗、最惨无人道的罪恶篇章之一。在美国，学界对于纳粹德国对犹太人实施的大屠杀研究比较深入，但对南京大屠杀的研究很匮乏。"我把自己知道的这段历史的来龙去脉描述给他听，我讲完后，我们俩就都没什么胃口了，心中五味杂陈。

下午的时候生意好了起来，但到了4点，客人就没那么多了，我也做好了拍摄视频的准备。然而，接下来的几次尝试还是失败了，要么是程序闪退，要么是我自己的情绪失控。下午6点时，我跟罗布道了晚安，并决定最后再试一次。这次努力也以失败告终。我下楼去了趟卫生间，让自己的情绪稍微缓一缓。

我知道自己不能发布一个泪流满面的视频，于是强迫自己镇定下来，录制了最后一个版本。我略过了那些血腥的细节，专注于这些照片的历史意义，强调了它们的稀缺性和重要性。晚上7点，我上传了视频，然后就关上店门离开了。

稍晚跟朋友们在外面小聚时，我想起自己发布的视频，于是就去TikTok上看了一下。我惊呆了！这个视频已迅速走红，在短短几个小时内就获得了数百万的浏览量和成千上万的评论，甚至被平台标注为热点新闻事件，随之而来的是我的粉丝量也出现了暴增。

我和朋友们从酒吧出来后就一起回到了我住的公寓。我在卫生间里再次确认所发生的一切，然后脸色煞白地走了出来。我对大家宣布："伙计们，我觉得我得去睡觉了。我明天可能会上新闻头条。"

网暴威胁：至暗时刻

第二天早上醒来时，我发现有许多未接电话，都是陌生号码打来的，大部分来自中国大陆，还有几十条英语不太流利的语音留言，每一条都说希望能采访我。中国的记者们都在努力联系我，我的手机上不断闪烁着罗布发来的短信，他已经惊慌失措，短信说的都是一回事："速来店里。"紧张和不安让我的胃里一阵翻腾。我不知道自己即将面对的是什么。

快速浏览了社交媒体后，我意识到了事态的严重性。我的 TikTok 一夜之间涨粉接近 50 万，我的 Twitter（推特）账号粉丝数也从几百一下涨到近 3 万。这个视频彻底爆了。我把电动车搬下楼，戴上头盔，然后快速向店里驶去。一路上我显得有些莽撞，以每小时接近 30 英里[1]的速度在车流中穿梭。到达时我的衬衫已被汗水浸透，紧紧地贴在了后背上，还没到门口我就听到了店里传来的嘈杂声。

电话一直响个不停。罗布也不停地在便笺本上记着笔记，显得有些惊慌失措。珍妮特站在一旁，带着困惑的笑容看着这场骚动。"你干了什么？"她憋着笑问道。

"昨晚我做了一个视频，结果热度爆掉了。"我一边回答，一边从她身旁匆匆走过。在接电话的间隙，罗布递给我一张字条，上面列着一些媒体机构的名字，堪称西方新闻界的"名人堂"：《滚石》杂志、《商业内幕》、雅虎新闻、Vice 新闻，等等。在这些名字下面是几十个中国媒体机构的电话号码。我还没来得及反应，电话又响了。罗布接起电话，点了点头，然后把电话递给了我。

"是一位来自中国的记者。"他说。

我接过电话："你好，我是埃文。"这位记者用流利的英语做了自我介绍，然后立即切入了正题："你声称拥有一些南京大屠杀的证据，能抽出几分钟时间谈谈这件事吗？"

1　1 英里约是 1.61 千米。

"可以。"我尽量让自己的声音听起来比较平稳,"我刚到店里,这里有点混乱,你很幸运成为今天第一个跟我交谈的人。"话一出口,我就觉得尴尬。我的话听起来很傲慢,而这位记者也察觉到了这一点。她的语气变了,开始质疑我所声称的内容的准确性。

"你提到了南京大屠杀的证据,但你展示的那本相册上标注的是'南京路地狱',你知道南京路是在上海,而不是在南京吗?"她追问道。

我愣住了。"跟我说说。"我小心翼翼地接话。

她解释说:"日本军队先是侵占了上海,南京路是上海的一部分,不是在南京。侵略者从上海又去了南京,大屠杀发生在南京。"

我结结巴巴地想给出一个回应,但最终只能匆匆说道:"让我想想。很抱歉,还有很多记者在等着。我们能稍后再细聊吗?"

她同意了,然后挂断了电话。我觉得头晕目眩。就在这时,门铃响了,一群中国人走进了店里。罗布看着我说:"该你上场了。"

他们带着兴奋之情向我走来。"你是埃文·凯尔吗?"其中一个人问道。看我点了点头，他们微笑着说："我们对你感激不尽。你做的事情太了不起了。"

我被他们搞得猝不及防，只能小心翼翼地说："谢谢。我能为你们做些什么呢？"

"这是中国历史极为重要的组成部分，而你正在揭露真相。"一位女士说，"我们想谢谢你，并请问我们能不能看看那本相册。"

我没多想就同意了。"当然可以，但你们需要戴上手套。"说着我就取出了那本相册。当时，我想的只是要保护好这件文物。至于说有人可能会故意搞破坏，我可根本没想过。就在我小心翼翼地翻阅相册时，更多的中国访客进来了。

中午时，有人送来了一束鲜花。在网上，这个视频还在持续发酵，传播速度快得惊人。我的评论区里充斥着要求发布这些照片的呼声。那些亲眼看到相册的访客显然被触动了。有些人哭了，有些人拥抱了我，还把我称作英雄。这让我觉得有些承受不起。我发现自己也跟他们一样流下了眼泪，尽管我还没完全理解我所做的事情分量到底有多重。

中国人不断涌入店里，一整天都是如此。每个人都想看看那本相册，感谢我，并敦促我发布这些照片。到傍晚的时

候，我决定在 Twitter 上发布一些不太血腥的照片。TikTok
的审查制度过于严格，如果在那上面发布，必然会面临被封
号的危险。

后来，我接受了几家西方媒体机构的采访。大多数采访
都直截了当，但有一次与众不同。那次交谈的对象是《滚
石》杂志的一位记者，一开始她很友好，但最后却突然问
我："这是个骗局吗？"

我一下子惊呆了。"骗局？"我大声重复着，"你怎么会
有这种荒谬的想法？"

"网上有传言，说相册里的照片是复制品或是伪造的。"
她解释道。

我的怒火一下子就上来了。"这不是骗局！"我厉声说
道，"我不知道还能说什么。这些照片是真实的，对此我坚信
不疑。"她谢过我后挂断了电话。

当天下班前，我就拔掉了店里的电话线，实在无法应付
响个不停的铃声了。珍妮特走得比较早，出门时跟我说了声
"祝你好运"，恐怕连她自己都对这句话心存疑虑吧。随后
罗布也走了。"休息一下吧，"我对他说，"明天还得忙活一
整天。"

锁上店门的时候，我妈妈打来了电话。她的声音在颤抖。"埃文，你在做什么？"她问道，"你不想过安稳日子了吗？"

"您在说什么呀？"我有点丈二和尚摸不着头脑。

"你做的那个视频。你是想让自己陷入危险吗？"她追问道。

我笑了："妈妈，我没事。人们都称我为英雄。没什么可担心的。"

显然我没能说服她。晚上骑车回家时，她的话还是让我久久不能释怀。和朋友们共进晚餐时，我能感觉到他们的不安。"你现在可真是遇到麻烦了。"一个朋友说。

"我以前也处理过争议性事件，"我向他保证说，"这次也会没事的。"

回到家后，我打开了 Twitter，接着立刻后悔了。剖析这些照片的帖子正在疯传。一些历史爱好者指出了其中不一致的地方，声称这些照片是从其他历史资料中复制过来的。还有一个帖子是这样写的："这家伙在利用战争罪行博出名。"

我关掉了手机，就那么静静地坐着。我第一次对自己所做的事情产生了怀疑。也许我犯了不可挽回的错误。也许这并不像我原本坚信的那样，是一件值得称道的好事。这个周末掀起的风暴，将给我的生活带来无尽的混乱和恐惧。

❖—❖

那天晚上我几乎没怎么睡着，又一次大汗淋漓，事情进一步失控的可怕预感搞得我提心吊胆，脑海中不断浮现出那些最糟糕的情景：各种威胁变成了现实，媒体掀起的舆论风暴摧毁了我的信誉，甚至毁掉了我的生活。每次我好不容易迷迷糊糊地睡着，但没过一会儿就会惊醒，心脏狂跳。我盯着茫茫黑夜，被一种彻头彻尾的无助感包围。

天亮得也太快了，我拖着沉重的身体走进浴室，往脸上泼了些冷水。看着镜子里那个疲惫不堪、双眼空洞的家伙，我几乎无法想象那就是自己。眼下的黑眼圈看起来永远都消不掉了，想到还有一家店要经营，我必须让自己镇定下来。

我到的时候，罗布已经在店里了，勉强维持着店里的运作。他看上去疲惫不堪，整个人处于一种亢奋状态，而电话一直响个不停。

"KARE 11[1]新闻台中午左右会过来。"罗布的声音听起来有些紧张,"他们今天早上至少打了三次电话,打算在今天的晚间新闻里报道这件事。"

我心不在焉地应了一声,试图不去理会电话铃声和他那紧张兮兮的语气。媒体的闹剧不但没有平息,反而愈演愈烈。不过,我还得在镜头前保持得体的形象,我走进里屋,简单收拾一番,同时让自己做好心理准备,以应对又一轮的"问题"攻势。

新闻采访结束后,播客《无尽线索》的主持人阿莫里·西弗森打来了电话。她在自驾游的途中刚好路过明尼苏达州,所以想就那本相册、我的发现以及之后发生的一系列事情做一次深入采访。我同意了,但在她到来之前,我知道自己必须采取行动,保护好那本相册。我收到了很多威胁,还有很多人指责我造假,这让我清楚地意识到,那本相册放在店里已经不安全了。

我走出门,跟附近一家店铺的邻居借了一部电话。我开始疑神疑鬼,深信自己的手机被人监听了——或许采取这个

---

1 KARE 11 是一家位于美国明尼苏达州的新闻媒体机构,主要服务明尼阿波利斯和圣保罗地区,业务主要是提供新闻、天气、交通等方面的信息服务,并通过其应用程序和电视频道向公众传播。

小小的预防措施，只是为了给自己一些安慰。我打给了一位信得过的亲友，迅速向他说明了情况。

"这听起来可能有点疯狂，"我开口道，"但我需要你帮我藏个东西。不是什么违法的东西——只是非常敏感。你能把它锁在你家的保险箱里一段时间吗？"

经过反复沟通，且我再三保证既没有走私违禁品，也不会把他拖下水之后，他终于同意了。

"好的，"我说，"接下来我们这么做：罗布会在另一个城市一家杂货店的停车场和你碰面。为了防止被人追踪，他不会带手机。到时候他会把一个包裹交给你，就这样。"

罗布送完相册回来的时候，阿莫里已经到了。当她提出想看看那本相册时，我坦言相册已经不在店里了。没想到她反而松了一口气。

"说实话，"阿莫里说，"反正我也不想看那些照片。我觉得我会受不了。"

"你根本想象不到，"我摇着头回答说，"这东西一直缠着我——不光是那些照片，还有随之而来的一切。关注、威胁、指责……简直没完没了。"

采访中，阿莫里问起我鉴定相册的计划。虽然已有几位历史学家主动联系过我，迫切想要验证相册的真实性，不少人甚至愿意专程飞到明尼苏达州来查验，但随着对相册真实性的质疑愈演愈烈，我有些犹豫了，我不愿浪费任何人的时间。不过我还是提到，已经跟明尼阿波利斯美术馆的一位摄影专家约好了，他会在劳动节后的周二前来鉴定。

采访结束后，我难得地松了一口气，出去吃了个午饭。随后又借用邻居的电话，打给了那个把相册寄给我的人。

"我的孩子们看到你的视频了，"他说，"昨晚吃晚饭时突然刷到的。他们完全不知道那本相册是从我们家流出去的。我也没想到事情会闹得这么大。"

"我简直要被这事儿给逼疯了。"我坦白道，"听着，我需要多点时间想想如何应对。我保证会补偿你，或者把相册还给你，但现在事态越来越失控了，我不想让你和你的家人也卷入其中。"

他答应了，并感谢我隐瞒了他的身份。我保证会再联系他——但绝不会用我自己的手机。

电话和短信如潮水般涌来——不仅是记者，还有很多急切地想买下那本相册的人。尽管我从一开始就明确表示这本相册不卖，但他们的报价却不断攀升。有个自称"梅林"的人不停地打电话，每次都提高报价。那价格高得让人头晕目眩。还有人提出用一辆跑车跟我交换相册。不管我解释多少次这本相册不卖，而且也不是钱的问题，他们依然纠缠不休。

回到店里时，访客依然络绎不绝。其中很多是明尼苏达大学的中国留学生，他们捧着鲜花，眼含热泪表达着感激之情。无论是时间上还是地理上，他们都与南京大屠杀相距甚远，但那段惨痛的历史，却如重锤般叩击他们的灵魂深处。他们真挚的情感回应——那些哽咽、拥抱以及肯定的话语——成了我此刻唯一的慰藉，也是唯一能让我保持清醒的东西。虽然我的脑海中满是对这本相册真实性的质疑、对自己行为正当性的拷问，以及对自己引发的这场风暴的惶恐，但这些来访者让我想起了自己踏上这条路的初衷。我知道自己必须做正确的事，只是还不确定该如何去做。

然而，店里与日俱增的友好氛围与网上的负面舆论形成了鲜明的对比。那天晚上打烊前，我终于鼓足勇气查看了社交媒体。我的心一下子沉到了谷底。《滚石》杂志的采访文章已经发布，结果简直是一场灾难。原来那位记者结束对我的采访后，还暗中联系了一位历史学家，对此我毫不知情。

他们采访的那位历史学家对相册的真实性提出了质疑，文章更是刻意将我描绘成一个投机分子，字里行间暗示我是个一心追逐名利的骗子。更过分的是，他们选了一张我最难看的照片作为文章的配图，活脱脱把我刻画成一个无知的江湖骗子。

我继续滑动屏幕，开始浏览各大媒体的头条——《商业内幕》、雅虎新闻，全都在跟风质疑。读着那些文字，我胃里一阵翻江倒海，感觉每一句话都在侵蚀我的信誉。

我再也受不了了，一把将手机摔在柜台上。所有的压力一股脑儿袭来，眼泪开始顺着脸颊往下流。我双手抱头，对着空无一人的店面轻声自语："我到底干了些什么？"

回到公寓时，一进门我就感到一阵莫名的心悸。我的猫迎了上来，但举止反常，叫声又尖又急。我注意到台面上有个杯子倒了，还有几样东西的位置跟我早上离开时不太一样。肯定有人进过我家。

我掏出隐蔽携带的自卫手枪，推弹上膛，双手颤抖着挨个房间搜查。屋里没有人，但闯入者留下的痕迹却让我毛骨悚然。就在这时，敲门声突然响起，吓得我差点把枪都扔了。

我打开门，看到了我的邻居兼好友斯宾塞，他手里拎着瓶菲奈特·布兰卡比特酒。

"哥们儿，搞什么？你没事吧？"看到我手里的枪，他吓得往后一缩。

我连忙道歉，把手枪收好，然后邀请他进屋。

"现在这状况简直疯了，我的处境特别危险。"我对他说。

"为什么啊？"他问道。

"你没听说吗？"我难以置信地反问道。

"听说什么？"他接着反问我。这时我才想起来他不玩社交媒体软件，对发生在我身上的事一无所知。接下来一个小时，我把来龙去脉全都告诉了他，越说越意识到自己捅了个大娄子。斯宾塞很专注地听着，脸上露出既震惊又难以置信的表情。

"哇哦，你这生活可真够疯狂的，埃文。你现在打算怎么办？"我们喝光最后一口酒时他问道。

"还没想好，"我老实承认，"但如果你看到任何可疑的事情——或者任何可疑的人，直接报警，然后给我打电话。我很确定今天有人闯进来了，而且就是为了找那本相册。"

斯宾塞点点头，临走前用力抱了抱我。

"注意安全啊，兄弟。"他说。

"嗯。"我随口应着，尽管我觉得自己安全不了。我现在可是一点安全感都没有啊。

❖—❖

劳动节连休的那个周末，我一直处在压抑的氛围中，仿佛被阴霾笼罩着。我的朋友罗伯特专程从纽约赶来，试图说服我出去走走，转移一下注意力，但我拒绝了。自打发现公寓被人动过手脚后，我就觉得哪儿都不安全，更别说去公共场所了。我在疫情期间买了一件防弹背心，之前一直塞在衣柜最里面，本来我都忘记有这么件衣服了，如今倒成了我的日常装备。这玩意儿据说能抗住步枪子弹，很笨重，穿起来也很麻烦，我却天天贴身穿着。我在公寓里来回踱步时，腰间那把枪跟我形影不离，外套底下就藏着枪套，同时我的脑子走马灯似的转个不停。

网上的威胁不断升级。有几个人给我发来了恐吓消息，比如"你小子最好小心点"，还有"知不知道你现在就是个活死人？".其中有一条尤为恐怖,让我脊背发凉,里面竟然有我的详细住址,包括公寓的门牌号。除此之外,就没其他的内容了——但末尾附上了一双眼睛的表情符号,仿佛正幽幽地窥视着我。

即使冒险出门,我也一定会采取预防措施。去街角的酒类专卖店买酒时,我会全副武装,口罩、太阳镜和连帽衫成了我的标配。我听任自己借酒消愁,这个习惯持续了好几个星期。我的手机一直响个不停,都是来自家人、朋友和记者的电话或信息,但我一概置之不理。我已经难以承受这无尽的焦虑了,此时最不需要的就是身边的人带给我更大的压力。我不需要安慰,只想结束这场噩梦,但却像被绑在了过山车上,无处可逃。

那段视频的影响力还在持续发酵,舆论逐渐分裂成两个极端的阵营。在中国人眼中,我成了英雄——因为揭开了世界长期忽视的历史伤疤而备受尊敬;而在另一些人看来,我不过是个骗子——一个靠消费悲剧博取关注的家伙。想完全摆脱那些恶意的攻击和谩骂是不可能的,当无数的网红博主跟风炒作、火上浇油时,就更无法逃避了。那个周末,似乎每个人都有观点要分享,而绝大多数都是负面的揣测。

在众多的采访请求中，来自中国中央广播电视总台的邀约显得尤为特别。那位记者怀揣满满的诚意，专程从芝加哥飞到明尼苏达州，只为与我进行面对面的深度访谈。我觉得自己必须接受这个邀约，不只是为了给自己辩护，也是为了向那些被视频深深触动的人做出回应，这是一种义不容辞的责任。因为是劳动节期间，所以店里歇业了。我以高度戒备的状态从住处出发前往店铺，且在一个街区外就提前下车。我开始扫视每个角落，生怕有人伏击我，随后把卫衣的兜帽扣得严严实实，遮住脸后才走向在店门外等候的记者。

走进店里后，我脱下了外套，露出了身上的防弹背心和手枪，她顿时瞪大了眼睛。

"对你来说真的有那么危险吗？"她问道，声音中带着震惊与担忧。

"我收到了各种各样的威胁。"我坦言道，"说我利用战争罪这么可怕的事情来博取名声——这太恶心了，如果真是这样，连我自己都想揍自己。但事实并非如此。"

这段访谈充满了情感张力。我坦诚地讲述了自己的初衷，也谈到了这场风波对我造成的沉重打击。我的状态很脆弱，已经疲惫不堪，但我下定决心要把一切情况公之于众。

记者离开后，我查看手机时发现了《纽约客》发来的采访邀约。这或许是我的机会。不同于那些已经刊登的小报式的抹黑文章，《纽约客》素以严谨的深度报道著称。如果要说哪家媒体能帮我澄清真相，那非它莫属。我接受了采访邀约，心中泛起一丝希望的微光。

可这希望转瞬即逝。当我滑动屏幕查看通知时，发现一个认证账号——某个叫亚当·康诺弗的喜剧演员——发布了一条关于我的视频。我从未听说过此人，但他的视频正在被疯传，使得网上跟我相关的负面情绪更加高涨。他摆着居高临下的姿态，谴责我利用一起悲剧来达到沽名钓誉的目的，还敦促他的粉丝"行事应更为得当"。

在所有攻击我的视频和言论里，亚当制作的这条视频无疑最具毁灭性和杀伤力，直接把我的名声搞臭了。反对我的声音立即如潮水般涌来，势不可当。到周二的时候，事情看起来已经无法挽回了。明尼阿波利斯美术馆的那位摄影师取消了会面，此前表示有兴趣鉴定这本相册的历史学家也全都打了退堂鼓。谁都不愿意碰那本相册了，更不想跟我扯上关系。亚当的视频完全主导了舆论方向，成功将我塑造成一个坏人，彻底毁掉了我的声誉。

我录了几条视频试图阐明我的本意，但它们就像沧海一粟，在汹涌的舆论浪潮中显得微不足道。最终，我决定退出这场风波。不管我的初衷多好，现在做什么都只会让局面更加混乱。我决定保持沉默，任凭风暴肆虐而不参与其中。我抱着一丝希望，盼着事态最终平息，但眼下，我就像在一艘小小的救生筏上随波逐流的求生者，四周只有漫无边际的绝望之海。

视频发布一周后，我注意到店对面的街上停着一辆没有标识的服务车。车身没有任何公司的标志，那个在电线杆旁作业的男人看起来很可疑，穿着像是临时凑数用的施工服。那辆车停了一个多星期，我确信那是联邦调查局的人，他在监视我的一举一动。这个念头直接引发了我的恐惧症——这么多年来我还是第一次出现这种糟糕的情况。

如果你从未经历过这种症状，很难切身体会我当时的惊恐。那感觉就像被困在一辆刹车失灵、超速狂飙的汽车里。你会心跳加速、呼吸紊乱，一股恐惧的洪流在你的脑海中奔腾而过。此时理智毫无用处，在洪流面前不堪一击，只能硬撑过去。我在库房里呆坐了一个多小时，因恐惧而陷入近乎瘫痪的状态，浑身颤抖。

那天傍晚，我坐在店外的长椅上，双手抱头。我崩溃了，泪水开始顺着脸颊往下流，根本止不住。我啜泣了好一会儿，直到一个声音打断了我："看来你最近过得不怎么样啊？"

我抬起头，看到迈克站在我面前，他既是我的邻居，也是商业伙伴，是一名专接酒驾案件的律师。

"可以这么说吧。"我抹掉脸上的泪水回答道。

"出什么事了？"他边关切地问边在我身旁坐下。

我把一切都告诉了他——我发布的视频、网上反对我的舆论、我收到的各种幽灵般如影随形的威胁……我倾诉完后，迈克用审慎且痛心的目光久久地注视着我。

"听起来你需要一个好律师。"他说。

"我可请不起。"我嘟囔了一句。

"你知道我父亲是谁吗？"

我摇了摇头。

"乔·弗里德伯格，明尼苏达州顶尖的辩护律师之一。他就爱接这种备受关注的案子。我给他打个电话，看他能不能免费帮你。"

我震惊地看着他:"你真愿意为我这么做?"

"别做傻事就行,"他说,"你看上去随时要跳桥似的。"

多日来第一次,我笑了。虽然笑得勉强又空洞,但终究是个笑容。

一小时后,迈克带来了好消息:"他想明天下午 3 点在市中心的办公室见你。"第二天,我穿上防弹背心,把枪插到枪套里,然后叫了辆车前往明尼阿波利斯市中心。乔的办公室位于一栋闪闪发光的摩天大楼里,这地方一看就散发着能成事的气息。一进门我就明白了:他是个不会输官司的人。

乔热情地和我握手表示欢迎,并介绍了他的合伙人布鲁斯·里弗斯。这两个人都洋溢着自信,当我在豪华的办公室里讲述我的情况时,他们不约而同地拿出笔记本准备记录。

我脱下外套,露出防弹背心和枪。我卸下弹匣把枪放在桌子上时,他们交换了一下眼神,但什么也没说。

"以防万一。"我紧张地笑着说。

讲完发生在我身上的故事后,布鲁斯递给我一张纸巾。"一切都会好起来的。"他平静地说。

"可现在感觉糟透了。"我说。

乔靠在椅背上，摩挲着下巴。"那你打算怎么处理那本相册呢？"他问道。

"我想把它捐给中国。"我说，"我会付钱给那个把相册寄给我的人，但我希望一切到此为止。我想做正确的事。这相册承载着中国的历史，理应把它交给中国。我只希望人们能明白，我这么做不是为了出名，我的出发点是好的。"

乔点了点头。"我们这么办。首先，要保持冷静。我有移山填海的能力，你这件事在我看来不过是个小土堆。你去联系把相册寄给你的人，谈好价格并把钱付给他。我会联系中国驻芝加哥总领事馆安排捐赠事宜，帮你卸下这个包袱。但在那之前，什么都别做。不接受采访，不发帖子，什么都别做。你卷入的事情足以扰乱整个地区的局势。你要深思熟虑，保持沉默。你的任何举动都可能让事态恶化，明白吗？"

我点点头，如释重负的泪水开始在眼眶里打转。几周来第一次，我觉得有了出路。那天晚上，我可算是睡了个好觉，两周来第一次睡得那么安稳。

我用邻近商铺的电话打给了把相册寄给我的人。"听着，"我说，"这东西值多少钱，我现在真说不上来。由于媒体的负面报道铺天盖地，现在根本没人愿意碰它。我甚至连鉴定都做不了，但现在已经不是钱的问题了。对我来说，最重要的是做正确的事，而我认为应该把它捐给中国。这本相册承载着中国人的历史，我希望由中国人来决定如何处理。这样吧，我给你 1000 美元，咱们这事就算两清了，行吗？"

　　"说真的，我可不羡慕你，"他回答道，"网上那些骂你的话太难听了。1000 美元很公道了，我接受。"

　　"太好了，"我说，"我现在就用电子支付给你转账。为了你自身的安全，稍后我会删除你的电话号码，确保没人能通过这本相册追查到你或你的家人。我最近经历了一些很可怕的事，相信我，你绝对不想卷入这种疯狂的局面。多保重。"

　　挂断电话后，我立即给他转了账，并删除了跟他之间的所有往来记录。

　　接下来的日子简直就是炼狱。我的体重迅速掉了将近 20

磅[1]，还因为紧张过度不时呕吐。我的生活陷入了恶性循环：晚上睡不着觉，用酒精麻痹神经，在公寓里焦躁不安地来回踱步。防弹背心、从不离身的配枪，还有紧闭的百叶窗，这些不过是抵御隐身敌人的脆弱盾牌——我甚至患上了被害妄想症。外面的世界充斥着刺耳的噪声，各种评判和猜疑如旋涡般翻涌，根本无法平息。

我一直努力维系着生活的常态，但在发布视频六天后的一个周二上午，这种岌岌可危的常态被彻底打破了。一个亚裔男子出现在店外，但明显不是中国人。他举止怪异，在橱窗前来回踱步，不时向店内张望，就像是窥视猎物的掠食者一般。接着，他开始疯狂砸门。我的心狂跳不已，隔着玻璃大喊："相册不在这里！"可他始终不肯离开。

我把门拉开一条缝，刚好能跟他说上话的宽度。"听着，相册不在我这里。我现在只接受预约。"我的语气很坚决。

他似乎有些困惑，嘴里嘟囔着卖废金属之类的话。我有些不情愿地打开了门，尽管浑身的每个细胞都在警告我别让他进来。

---

[1] 1磅约是 0.454 千克。

他坐下后，把一堆杂乱无章的破烂儿倒在了桌上。起初我还在例行检查这些物品，但他的举止很快引起了我的警觉。他显得焦躁不安，连珠炮似的询问金价、我的生意情况以及开店时间长短，随后开始重复同样的问题。他的手一直没离开过手机，手指以近乎疯狂的速度敲击着屏幕。

我的大脑飞速运转。这不是一个普通的顾客，他试图分散我的注意力。在这一行里，我见过各种各样的把戏——顺手牵羊、卖假货、声东击西——但这次感觉更加险恶。我的手悄悄移向藏在桌下的手枪，同时紧盯着他。而他的行为看起来更加反常了。

"抱歉，我不喜欢这样。你得离开。"我厉声说道，同时站了起来。

他装作一脸困惑，找了一个又一个借口赖着不走，同时手指还在手机上不停地敲击着。我怀疑他试图入侵我的无线网络，或者获取我的监控摄像头权限。不管他有什么意图，我都不会上当。我的耐心终于耗尽，几乎是把他推出了门。他跳上自己的车，迅速开走了。

一直在后面默默观察的珍妮特走上前来。"刚才真是太奇怪了。"她脸色苍白地说。

"那家伙不是来卖东西的,"我一边锁门一边低声说,"我觉得他是想黑进我们的无线网络,也可能比这更糟糕。"

珍妮特提到她早前就注意到那辆车停在后面——密苏里州的外地车牌很显眼。其他邻居也说看见那个人在驾驶座上前后摇晃,活像个精神失常的疯子。警察倒是来了,也做了笔录,但他们茫然的表情让我感到更加沮丧。不管我们怎么努力解释当时的情况,感觉都像是对牛弹琴。那个人虽然走了,却像道阴魂不散的影子,让我本就窒息的处境更是雪上加霜。

出于安全考虑,我只得把店关了。虽然这是必要的选择,但感觉就像投降了一样。每天走进空荡荡的店里,那种透着空虚的宁静仿佛都在嘲笑我。那些或支持或指责的电话都不再打来了,但这寂静却震耳欲聋。我试图回归"正常"内容创作的努力都白费了,我发的每条视频的评论区都沦为战场。我花了好几年培养的忠实粉丝,如今被一群质疑者、诋毁者和蹭热度的投机者淹没了。

几乎每天晚上,我都借酒浇愁。身体像散了架似的,一点胃口都没有。肠胃里总像是打了个结,神经也绷得很紧,我常常在深夜佝偻着趴在洗手台前干呕。镜中那个双眼空洞、消瘦憔悴的人如此陌生——和几周前的我判若两人。

我试图找回一点掌控感和平常的生活状态，但每次尝试创作新的内容，换来的结果都一样——铺天盖地的谩骂和指控。人们恨不得拿显微镜分析我的每个动作。我得听从律师的建议，保持沉默。可就连沉默也被当成心虚的证据。舆论审判根本容不下半分解释的余地，也没有耐心去照顾当事人的感受。在旁观者看来，这一切怎么可能只是个荒唐的意外、单纯的误会？简直难以置信。围猎者甚至觉得就算用奥卡姆剃刀原理[1]解释这件事情也是荒谬的。

整个秋天我都是在这种悬而未决的困境中度过的。尽管如此，我还是一天一天地试着让自己重新振作起来。我万圣节期间去了趟纽约，总算得到了短暂的喘息。来自朋友们的那份温情就像一剂良药，我都没意识到自己是多么迫切地需要它。有那么几天，感觉一切都恢复了正常，我肩上的重担仿佛也卸下了一些，哪怕只是稍微减轻了一点。

然而，当我坐在肯尼迪机场的候机大厅里，等着回家的航班时，我又不得不面对自己的现实处境。查看信息时，我

---

1 该原理是英国逻辑学家威廉·奥卡姆提出的。其核心思想是当有多种解释时，应选择最简单的那一个。

发现了一丝希望的曙光。

是乔·弗里德伯格发来的邮件。

我盯着邮件主题，心跳开始加速，随后我打开了邮件。
他的信息很简短，但却承载着救赎的力量：

    我们达成了一项协议。回到明尼阿波利斯后给我打
电话。

真相不应被遗忘

我回到明尼阿波利斯后，排好了与中国政府代表会面的日期和时间。捐赠合同很简单——他们拿走实体相册，我保留数字版权用于教育传播目的。我们把日期定在 2022 年 11 月 16 日下午 2 点。我巴不得那天早点到来。从买下那本相册到关停店铺，这场磨难让我损失惨重。

中国人民给了我力量和希望——就像是黑暗隧道尽头的一束光。我相信，捐出这本相册能够消除网上对我的指责，证明我不是个博眼球的江湖骗子。说真的，我只想让这件事翻篇，让生活重回正轨。好在互联网的节奏很快，在 TikTok 视频爆红后的几周里，全球的关注点很快就转移到了其他新闻。比如，伊丽莎白二世女王去世的消息，就成功地分散了大众的注意力。

终于，2022 年 11 月 16 日这一天到来了。我新买了一套黑色的西装，别上了一枚带有中美两国国旗的胸针，把相册装在了一个精美的礼盒里。我提前半小时抵达乔的办公室，在会议室里等候着。不久，走廊里传来乔标志性的笑声，他边打电话边走了进来。"行，先这样。我这儿有几位中国客人要来，是件大事。"挂断电话后，他转向我问道："你准备好了吗？"

"我只想赶紧把这事了结了。"我回答道。他打趣了一下我憔悴的模样——虽然刮了胡子，但依旧疲惫不堪。我看上去就像两个月没睡好觉的人，而他接下来说的话，会让我接下来的两个月也别想睡上好觉。"我本不该告诉你这些，"他开口道，"但作为你的律师，我觉得有义务要说。今天早上，我接到了美国政府的电话。"

"什么？！"我惊呼，"谁打来的？"

"美国国务院。他们想要那本相册。"

这证实了我的猜测：我被监视了。"天啊！"我惊叫一声，猛地站起来，双手不安地抓挠着头发。

"别慌，"乔安抚道，"他们奈何不了你。我跟他们说了——这是你的私人物品——是你光明正大花钱买来的，你有权自行处置。要是他们有意见，让他们给我打电话。"

我颤抖着呼出一口气，开始在房间里踱步。"你这抗压能力真不怎么样啊！"乔调侃道。

"以前还行。"我嘟囔着。但这可不是一般的压力——分明是穿着水泥鞋在马里亚纳海沟里游泳啊。

几分钟后，两位中国代表如约而至。握手寒暄后，我向他们宣读了我准备好的一封信：

尊敬的两位代表及中国人民：

我是一位在明尼苏达州从事金银以及收藏品行业的普通人，几年来一直通过社交媒体向大众普及我所在行业的知识并拓展业务。多亏了 TikTok 这样的平台，我得以将经营范围延伸至其他领域，比如古董、收藏品和历史文物。我的经营策略之一，是邀请 TikTok 上的粉丝把他们要出售的藏品寄给我。我会制作视频介绍这些物品的价值和独特之处，随后向物品的所有者提出收购报价，最后通过卖出物品获利。

我的视频颇受欢迎。你们可能也想到了，我介绍过各种各样的待售物品，尤其是第二次世界大战期间的物品。因此，当今年8月有位客户联系我，说有一本20世纪30年代末的相册时，我立即就产生了兴趣。我没细问便让对方把相册寄过来。收到相册后，里面的内容让我深感震惊。

最初，让我震惊的并不是暴行画面。相册前面部分记录的都是战前鲜活的民生影像。但随着我不断翻页，里面的内容变得越发残酷。

那股情绪如巨石压心。带有"南京"字样的页面多次映入眼帘，了解到发生在太平洋地区的战争浩劫后，我突然发现自己陷入了困境。

这本相册属于我的客户，他把相册寄给我的目的是出售，当初答应收购时，我并没有意识到它真正的分量。从经济角度看，这本相册的价值可能超出我的购买能力。从道德层面而言，我知道它应该被珍藏在博物馆里，而不是被私人收藏。然而，尽管我的TikTok账号拥有大量粉丝，但却从未成功引起过博物馆专业人士的关注。

我认为社交媒体是个很好的工具，可以让这本相册成为博物馆的藏品，但内容的特殊性却令我面临艰难的抉择。

经过数日挣扎，我终于在 8 月 31 日周三下定了决心，并发布了那条引爆网络的 TikTok 视频。

我就不跟你们赘述幕后的故事了，总之，应用程序一次次崩溃、暴行照片带来的情绪冲击，以及繁忙工作中的种种波折。重要的是，视频发布后还不到一个小时就传遍了全球，紧接着，宣称这是一场骗局的指控就出现了。随后，我的人身安全和事业都受到了威胁，但最重要的是，我意识到自己的行为在不经意间产生了更重大的意义。这条视频重新引发了关于二战暴行的讨论，在发布视频后的日子里，我在翻看评论区时发现，竟然有那么多人对此一无所知，这让我非常震惊。而所有来到我店里的中国人都强调了这种教育的重要性。

最触动我的是这些中国访客的年龄。他们大多比我年轻，可在他们眼中，这场数十年前的悲剧所造成的创伤依然清晰如昨。他们的悲恸、鼓励与善意，一次次震撼着我的心灵。

这是一段漫长而艰难的旅程，而针对我的动机的恶意揣测让事情变得更加复杂。但事实很简单：2022 年 8

月 29 日我收到了一份历史证物，它让我陷入了职业生涯中最严峻的道德困境，而我想借助社交媒体让它落入合适的人手中。

我最终决定，最好的做法就是自费买下相册，并亲自把它捐赠给中国。尽管拍摄者小莱斯利·G.艾伦是一名美国军人、二战英雄，但他记录的事情主要发生在中国，中国才是这件文物真正的归宿。通过社交媒体，它已成为历史教育的象征，其内容对中国学术界具有重大意义。

因此，我怀着无比荣幸的心情，以和平、和谐与友谊之名，将这本相册捐赠给中国。

你们的国际友人

埃文·凯尔

2022 年 11 月 16 日

读完这封信并把相册交给他们检查后，我们拍了些照片，还交谈了几句。这时代表之一对我说："我们也有东西要送给你。"他递给我一封芝加哥总领事馆的感谢信，我当即表示会把它装裱起来，挂在我的店里。接着，两位代表打开了一个印有"中华人民共和国文化和旅游部"字样的礼盒，里面是一件精美的明黄色瓷器。

凭借古董从业者的专业背景，我一眼就看出这件瓷器绝非凡品，但不知道它有什么特殊意义。"这可是一份重礼。"代表之一意味深长地解释道。

为了缓解尴尬的氛围，当时我开了个玩笑："伙计们，我可不做饭啊，这东西能拿来干啥？"现在回想起来，我竟然说了那么愚蠢的话，真是太丢脸了。我完全不知道自己收到的这份礼物有多贵重，更不明白这是一份多大的荣誉。毕竟，我做这件事从未想过索取回报，当然也就没想过会收到礼物，更没想到会收到这样的厚礼。

我们又拍了几张照片，握手道别时，我祝他们一路平安。他们离开后，我向乔表示感谢，并请求在他的会议室里单独待一会儿。我录了一段视频，简要讲述了刚刚发生的事情。既然捐赠已经完成，我迫不及待地想把整个故事的来龙去脉分享到社交媒体上。压在我肩上的重担终于卸下来了。这场漫长的风波，也总算落下了帷幕。

我回到店里，把整件事原原本本告诉了罗布和珍妮特，并向他们展示了那件瓷器。

"真漂亮。"珍妮特说,"不过这到底是什么呀?花瓶吗?"

"我觉得是个茶叶罐,但我也不确定。我没想到会收到礼物,把它摆在店里展示应该挺酷的。要是有人问,就说这是非卖品。"

我把瓷器摆在了一个书架顶上。等罗布和珍妮特晚上离开后,我录制了当天最后一条 TikTok 视频,又为 YouTube (油管) 准备了加长版。我先发布了 TikTok 视频,已经做好迎接新一轮舆论风暴的准备,晚些时候才上传了 YouTube 视频。随后我约了挚友在明尼阿波利斯最好的餐厅共进晚餐,庆祝尘埃落定——虽然这场风波早已让我破费不少,但这顿饭每一分钱都花得值。毕竟,这确实值得庆祝。用餐结束时,我谢绝了朋友再去喝一杯的提议。"不好意思,我得走了。直觉告诉我,等捐赠的消息传开,明天我又要面对媒体的狂轰滥炸了。"

谁知这一次,我大错特错。

捐出日军罪证之后

国礼瓷

　　周四上午，我来到店里，做好了迎接新一轮舆论风暴的准备。然而，那一天却出奇地平静。前一晚发布的 TikTok 视频虽然激起了一些波澜，但强度远不及最初发的那条视频引发的惊涛骇浪。评论区不断有人留言——有支持的声音，也有恶毒的攻击。我本来不打算去看太多的评论，但终究还是败给了好奇心。尽管质疑我捐献相册动机的评论变少了，但仍然有不少人指责这是场精心策划的流量游戏。不过，也有中国粉丝给我留言，感谢我为那段历史真相发声，感谢我为超越个人利益的事情挺身而出。这些带着温度的评论是最让我感动的。

　　捐赠相册后的那几天，有几十位中国记者打来电话，急切地想要采访我。奇怪的是，所有美国媒体仿佛被施了消音咒。我原本以为，既然这件事最初如此轰动，现在有了一个积极、圆满的结局，应该会有更多的媒体感兴趣才对。我还是低估了美国媒体的调性。正如美国新闻圈那句带着血腥气的行话"流血事件才是头条"，他们最爱报道耸人听闻的负面消息，在报道中国时这种倾向就更明显了，他们乐于将中国的故事裁剪成惊悚片的脚本。如果报道的是某个网红的翻车事故，这种新闻的点击量自然爆表，很容易就能上头条。但如果是报道揭露真相的正义之举，这种新闻在他们看来根本不值一提。

我甚至逐一联系了所有之前报道过我的美国媒体，希望他们能跟进报道或者发布一篇新文章，说明事情已得到圆满解决，同时替我澄清误解，可没有一家媒体回应我的请求，这让我失望又气愤。那些能引发点击量海啸的，永远是精心策划的丑闻与撕裂社会的争议，而试图缝合历史伤口的善举，被他们势利地置之不理。

接下来的几天，我试着让生活重回正轨，但这场风波造成的影响实在太大。我给自己树了不少敌人，有些人花了大量的时间和精力来骚扰我。一些老顾客声称我玷污了自己的声誉，所以再也不来店里买东西了。我的店员们被迫跟着我经历了这一切，特别是罗布，他和我一起扛下了这场风波带来的所有压力。我暗自决定，等事态彻底平息后，一定要给他发一笔奖金。

后来，有个想法一直萦绕在我心头。我注意到中国社交媒体上翻涌的有关那件瓷器的讨论浪潮。可惜那些视频都不是英文的，语言的藩篱将我阻隔在讨论之外。大约是在完成捐赠一周后的一天晚上，我收到一位中国历史学家的邮件。邮件的主题很简单：关于中国驻芝加哥总领事馆回赠给您的外交礼物。

我好奇地打开了邮件。它的内容虽然简短，却让我惊讶得说不出话来。

尊敬的埃文·凯尔先生：

我写这封邮件是为了告知您，中国代表赠予您的礼物具有特殊意义。您现在拥有的那件明黄色瓷器实为国礼，传统上仅赠予为中国人民做出卓越贡献的个人或机构。其设计和工艺可追溯到清朝晚期，是中华人民共和国文化和旅游部能对外授予的最高荣誉之一。获此殊荣的外籍人士屈指可数。

请您明白，这份礼物的分量绝不仅限于其象征意义，它承载着中国政府与人民的深切感激之情。请以珍重之心待之，因为它是一件超越国界的瑰宝。

此致

敬礼

张立（音译）博士

我盯着手机屏幕，心跳加速。"国礼"这两个字如千钧之石，让我有种恍惚感。我原本以为那个茶叶罐只是一份表示感谢的纪念品，不过看上去精美而已。直到现在我才意识到它的分量如此之重。在中国政府眼中，我不单单是个捐赠了一本二战相册的人，更是从战争阴云里抢救出一些火种，做了件足以载入史册大事的人。

这一刻我猛然意识到：我有一件价值连城的外交国礼，居然被我随意摆放在书架上，要是被人偷走了——或者更糟，被人破坏了，后果不堪设想。我赶紧连夜去店里把它捧回家来，藏到了一个安全的地方。

那天晚上，我敲开了斯宾塞的门。我们开了一瓶菲奈特·布兰卡，一直聊到深夜。我把那封邮件的内容、那件瓷器的重要意义，以及我被赋予的这份难以置信的殊荣都告诉了他。听完后，他不由得低声吹了个口哨。

"兄弟，你这一年可真是够折腾的。"他说，"你觉得这一切都结束了吗？"

"我当然希望如此。"我回答道，"说实话，谁知道呢？我原以为捐完相册就完事了，但现在感觉总有新的事情会在不经意间冒出来。"

斯宾塞和我碰了碰杯："嗯，要说应对这些事，没人比你更在行。只要别迷失了自我就好。"

我点了点头，不过直到夜深人静，他的话还回荡在我的脑海中。和几个月前相比，我的生活已变得面目全非，心理健康状况也急转直下。我一直在想该如何应对现在这一切：我现在到底是谁呢？金银收藏品从业者？自媒体达人？中国人心中勇敢的发声者？我都不确定哪个才是真实的自己。内心深处有个声音告诉我，这段时间发生的事会镌刻进生命的肌理，或许我永远也摆脱不掉了。

接下来的几周，每天一早来到店里，我都盼望着能收到来自美国媒体方面的消息。KARE 11 新闻台在晚间新闻的最后简短地报道了我把相册捐赠给中国政府的事情。仅此而已。

我原以为，某些在道德洼地打滚、靠标题博人眼球的网红至少会发表一些看法——就算不是道歉，也总该说点什么。我甚至在捐赠视频中提到亚当·康诺弗，结果他反而变本加厉，将键盘化作淬毒的匕首，说我是个卑鄙小人。

当我鬼使神差般点开 Reddit[1] 时，发现上面有一整个帖子都在剖析我的行为。有几位网友勉强承认自己的草率，觉得我不是他们认为的那种坏人。但大多数人坚持阴谋论，有些评论简直荒谬至极，声称那些中国代表是我雇来应对危机的"临时演员"；甚至我戴的那块定制版 G-Shock 手表也被歪曲成了一个"隐晦的暗示"，成了我一直以来就是恶人的证据，可它只是卡西欧为了致敬我喜欢的一个动漫反派角色推出的特别限量版罢了。

1　美国的一个社交新闻平台。其宗旨是早于传统新闻平台发声，主打来自互联网的声音。

就连那件承载着外交厚意的贵重瓷器，也成了被审视和嘲笑的对象。他们发现亚马逊上有同款山寨货，便一口咬定我是买了个仿品，并自导自演了整个捐赠事件。这真让人抓狂。西方世界擅长用认知滤镜筑墙，似乎无法理解中国政府赠送外交礼物对我的意义，真相本身早已成为最稀缺的奢侈品。

　　东西方的反差在此体现得再鲜明不过了。在中国，我被民众托举和赞誉；在西方，我却沦为笑柄，是"TikTok上的小丑"，被指责利用战争罪行蹭热度。这样冰火两重天的反差让我痛苦不堪，同时也彻底粉碎了我对西方所谓"自由媒体"的幻想。

　　12月的一天晚上，我独自出去吃晚餐。我坐在吧台前，小口抿着马提尼酒，陷入了深思。我突然想起了自己最喜欢的一本书——《了不起的盖茨比》中的一句话："他们是一帮混蛋，他们那帮人加起来都比不上你。"[1]

　　我一直记着这句话。或许这是我能找到的仅有的一丝慰藉了。我坚信自己做了一件正确的事。虽然这让我付出了沉

---

[1] ［美］斯科特·菲茨杰拉德著，邓若虚译，《了不起的盖茨比》，南海出版公司，2013年9月版。

重的代价，但我知道这是我做人的根本原则，我只是遵从自己内心捐出了一本二战相册，我深知这段历史真相对中国人至关重要。因为是过去的历史造就了今天的我们，那些惨痛的历史不应被遗忘，所有参与文明接力的人也不应被忘记，唯有铭记历史，才能更好地前行。在中国人文明的基因里，铭记不是为了延续仇恨，而是为了让和平的种子在真相的土壤里扎根。

我给了酒保小费，然后走进了寒冷的夜色中。我把外套裹得更紧，心里在想：不要去理会外界的嘈杂声音，坚持善良和正义的人永远不会输。

穿越风暴

时间很快来到 2023 年，中美关系加剧紧张，我发现自己再次陷入了一种混乱与迷茫的状态。虽然我尽量控制自己不去看带着戾气的网络评论，但因为要在网络上经营生意，所以不可避免地会注意到一些舆论。我看到很多传言说我"正在接受联邦调查局的调查"，说我很快会因叛国罪和间谍活动被捕受审。起初，我只当这些传言是无稽之谈，并没有理会。可随着"气球事件[1]"引发的外交局势紧张，我发现自己又开始崩溃了。更糟糕的是，我和好友罗伯特去新奥尔良度春假时，竟遭遇了持枪抢劫。歹徒抢走了我的手机，又黑进

---

1 2023 年 2 月 16 日，美国国会众议院通过了"中国在美领土上使用高空气球决议案"，刻意渲染"中国威胁"，由此引发中美关系紧张。

了我的银行账户和信用卡，彻底搅乱了我的生活。我的恐惧症再次发作，加上那些新闻报道，以及我紊乱的作息习惯，让我整个人彻底崩溃了。我吃不下任何东西，导致暴瘦，到了4月份，我不得不去看心理医生。

接下来的几个月，我一直处于恍惚状态。有一段时间，我强迫自己忘掉这一切——直到捐赠相册一周年的日子逐渐临近。

我依然没有公布相册里的所有照片。乔警告过我，我的行为可能会扰乱整个地区的局势，这句话一直萦绕在我脑海里，所以我决定等事情平息下来再说。可转念一想，拍摄者拍下的这些瞬间意义非凡，历史应该被记录在每一个颤抖的像素点上，这些真相有必要让更多人知道。

我写了一篇很长的文章，讲述了我的经历，并把它发布在了我的网站上，同时还附上了一段完整的视频，展示了那本相册中的每一张照片。11月16日是我把相册捐赠给中国政府和人民一周年的纪念日，我在当天发布了文章和视频。本以为会引发新一轮的关注热潮，可结果却和当初捐赠相册时一样，一片寂静，西方媒体再次保持了沉默。一年前在互联网掀起轩然大波的故事，如今已渐渐被人遗忘。不过，有几位中国记者快速联系了我，当整个舆论场都在追逐转瞬即逝的热点时，他们依然关注着我，并追问："接下来你有什么打算？"

这一次，我有了答案。我打算去做些有意义的事情。具体规划还没想好，也许是写一本书、办一场展览，或者找到其他方式来弥合东西文化之间的差异。一年多来头一回，我感觉自己终于向前迈进了。风暴已经过去，现在，是时候重新启航了。

中国纪行

初来乍到

　　命运之神以意想不到的方式将一本二战相册送到我手中，而我又把它捐献给了中国，冥冥之中一双无形的手将我和中国紧密地联系在一起。我作为一个土生土长的美国人，对这个东方大国的一切印象都停留在新闻媒体以及网络视频中的模糊了解，我吃过唐人街的中餐，知道中国的国宝大熊猫，也看过北京奥运会，却从未踏上过这片土地。直到那本承载战火记忆的相册引发轰动，在很多中国粉丝朋友以及媒体的热情邀请下，我决定亲自用脚步去丈量那真实的土地，也算是了却我心中的一个念想。

　　这次中国之行将会是我此生最为重要的经历之一。我希望借此机会重新调整自己的状态，从持续了一年多的混乱局面中彻底走出来，做一点力所能及的有意义的事情。

我为中国行做的第一个准备就是学习汉语普通话。一位本地的汉语老师表示愿意始终以半价的优惠为我授课，我迫不及待地答应了。我们每周通过视频会议上一次课，每次一小时，他在课上耐心地教我汉语的基础知识。不过，我的进步十分缓慢。经营店铺、打理社交媒体以及筹备中国行这些事总是让我分心。再说，我都35岁了，大脑不再像10年前那么灵活。科学研究也能佐证这一点——25岁之后再去学习一门新语言可谓逆水行舟，艰辛无比，更别说学习汉语普通话了。对一个说美式英语的人来说，汉语普通话堪称地球上最难学的语言之一。即便如此，每周我都坚持不懈地学习，希望在去中国之前能掌握一些基本用语。

但是要想真正叩开东方大国的门扉，只靠学习汉语普通话是不行的，我要跨越的是比甲骨文更玄妙的语言密码，还有东西方文化的鸿沟，我开始广泛阅读有关中国文化、历史和社会规范的书籍。

我读遍了所有能接触到的资料，从中国领导人的传记到对关键历史事件的记述。我甚至开始观看中国的电影和纪录片，用心留意其中的风俗习惯和文化传统。我希望尽可能让自己沉浸其中，不仅是为了这次旅行做准备，也是为了向那些我即将见到的人表示尊重，尊重他们的文化传统和习俗，以便能够更好地融入他们，而非只是一个匆匆过客般的旁观者。

初夏时节，我又完成了一个挑战。在一些中国朋友的帮助下，我开始在社交媒体平台上进行直播，和那些支持、喜欢我的中国朋友直接交流互动。为了适应时差，我调整了自己的作息时间，每天很早就起床，虽然很累但收获颇丰，我也获得了极大的能量与动力。

我知道中国有句古话："一分钱难倒英雄汉。"眼下，我便面临这样的尴尬处境。虽然我经营一家典当行，但是并没有多少积蓄，去一趟中国花费可不少，我需要想办法筹集足够的资金去中国。我每晚都在"Whatnot[1]"上主持拍卖活动，以为这次旅行筹集更多的资金。这是一个直播拍卖网站，在上面开展的业务是我生意收入的重要来源。在其中一场拍卖中，我忍痛卖掉了一枚14世纪的希腊金币，那是我所拥有的

1　Whatnot 是美国一家专注于直播和收藏品交易的电商平台。

最稀有的硬币之一。起初买下它时，我是冲着它的含金量去的，还以为它是个仿制品。可经过鉴定后，我才发现它竟是极为罕见的真品。尽管这枚金币的实际价值可能接近一万美元，但为了凑够所需的资金，我以两千美元的低价卖掉了。我对自己说："不过是身外之物，随它去吧。这次即将到来的中国之行才更有价值。"

到了10月份，我攒的钱终于够买一张飞往中国航班的经济舱机票了。虽然我还买不起返程的机票，但我想着船到桥头自然直，以后再去解决这个难题。当下唯一重要的事就是先到中国去。我订了去北京的机票，确保自己能在那次捐献的两周年纪念日前抵达。

离出发还有两周的时候，我完全不再过问店铺的事情，将能安排的工作都交给了员工，然后一门心思为这次旅行做准备。每一天我都在兴奋和紧张的情绪中徘徊。我即将踏入一个完全陌生的国度，这个国家把我视为很重要的国际友人，但我对它的认知却只停留在书本中和屏幕上。我心里琢磨着，当我真的到了那里，人们会怎样对待我？他们会张开双臂欢迎我，还是说这一切最终只是一场空欢喜？

在搭乘航班的前一晚，我决定通宵不睡，以此来调整我的生物钟。我收拾好行李，又出去跑了 6 英里。在前往机场的路上，我看到了缓缓升起的太阳。上午 9 点半登上飞机时，我都有点神志不清了。虽然疲惫不堪，但我已准备好迎接漫长的空中旅程。我会在 15 个小时后抵达韩国首尔，然后转机前往中国的首都北京。

　　此前除了有过一次短暂的牙买加之行，我从未离开过美国，此刻才渐渐意识到自己将要做的事情是何等重要。我迷迷糊糊的，一会儿睡着，一会儿又醒来。

　　飞机在首尔降落后，我第一次体验到了在国际机场辨别方向的滋味。韩国这个机场规模很大，路线错综复杂，而且人潮汹涌。摸索了将近 1 个小时后，我总算找到了下一个航班的登机口，准备搭乘中国国际航空公司的航班飞往北京。

　　我躲在登机口附近一个没什么人的偏僻角落，期望不会有人认出我来。我心中交织着复杂的期待和忐忑，在我看着其他乘客四处走动时，这种不确定性让我内心十分煎熬。开始登机后，我加入了排队的人群，留意到自己的出现似乎没引起任何人的注意，仿佛我只是这茫茫人海中一粒再普通不过的尘埃。

我是这趟航班上唯一的西方面孔，可是当我沿着过道走向后排的座位时，竟然没有一个人朝我瞥上一眼。没有人突然转头看我，没有人窃窃私语，也没有人好奇地盯着我看。一时间，我开始怀疑自己是不是远没有想象中那么出名，一丝疑虑悄然爬上心头：要是根本没人认识我怎么办？万一这一切都只是我一厢情愿的幻想呢？

飞机在北京着陆时，紧张的情绪让我的胃里一阵翻江倒海。我不清楚自己将会受到怎样的接待——说不定根本没人欢迎我。尽管一直有人跟我说我在中国多么受欢迎，可我内心深处依旧怀疑，一会儿下飞机后，场面会不会非常冷清，我会不会只能在异国的空气中尴尬伫立？

但踏出飞机的那一刻，所有的疑虑烟消云散。三名身穿制服的警察站在廊桥边，举着写有我名字的牌子。他们向我走过来，我下意识地举起了双手，心里想着：天哪，我到底犯什么事儿了？

其中一名警察是位女士，她笑了笑，然后安抚我说：

"别紧张，埃文·凯尔先生。我们是来迎接您的，会确保您顺利通关。"

我长舒了一口气，如释重负，随后跟着他们穿过迷宫一样的海关。我们一路畅通无阻，不用排队，也避开了检查。在他们带着我前行的过程中，旁人开始注意到我了。有几个人甚至喊出了我的名字。我和几位警察合影留念后，就去洗手间换上正装，因为接下来有媒体采访，我不能就这样随意地出现在镜头里，我希望让大家感受到我对他们的尊重。我小心翼翼地走进洗手间，换上了事先准备好的西装。

这一刻终于来临了。我一直心心念念的时刻。

当我走出行李提取处时，我的人生彻底改变了。一大群记者和摄像机朝我拥来。人们捧着花束，喊着我的名字，用普通话抛出各种问题。闪光灯晃得人睁不开眼。我刚紧张地挥了挥手，人群就围了上来。

"哦，我的天哪。"我低声感叹。意识到自己正身处聚光灯下，我立刻切换到面对镜头的状态——精力充沛、满脸笑容，做好了应对一切的准备。

当我走向人群时，人们纷纷给我送上鲜花。那些花束精致得如同艺术品，多得我两只手根本拿不下。每次收到鲜花，我都会把脸埋进花里去闻闻香气。可这次，这个习惯让我出了洋相。当我从花束中抬起头时，脸上沾满了细碎的花粉。还好我的助理兼翻译麦克斯女士及时提醒，我赶紧避开镜头擦掉脸上的花粉，真是太尴尬了。这场记者会让我应接不暇。记者们的问题如雨点般向我砸来。每一个问题都像是一道待解的谜题，考验着我的应变能力与智慧。

我被几十名记者簇拥着，他们一直跟着我走到楼下停车场，其中有些人已经在机场等待 12 个小时了。我对此受宠若惊，但因为时间紧我没有办法一一回应他们的提问。接下来，我还要赶行程，只能抽空吃点东西略微休息调整。

虽然长途飞行已经让我体力不支，可因为第一次来到中国，在这个熟悉又陌生的国度，一切都那么令人激动，我毫无困意，紧张又兴奋。我的翻译麦克斯女士马上要带我去看天安门广场的升旗仪式，凌晨 3 点就得出发。听说这是庄严又备受中国人喜欢的仪式，很多人不远千里奔赴北京，哪怕彻夜不眠也要守候在天安门广场，见证升旗的神圣时刻。我刚来就有机会看到，真是太荣幸了。

我睡了大约两个小时。第二天凌晨 3 点我就醒了，因为要去天安门广场参加升旗仪式。我穿上一身正装，然后到酒店的走廊里和大家会合。

"你不打算穿件外套吗？"麦克斯问我。

"不冷啊。"我说。

"你会感冒的。还是穿上外套吧。"

"我来自明尼苏达州。这点冷对我来说算不了什么。"

我固执地没穿外套就走了。当我们抵达天安门广场时，一股寒意扑面而来。我心里有点后悔。北京的昼夜温差很大，这会儿比白天实在是冷太多了。

一开始，我完全被眼前的景色所吸引。我身处一个充满传奇色彩且闻名遐迩的地方，以前我只在照片上看过它，如今竟真真切切地来到这里，领略这里的一切，仿佛置身于另一个世界。我们排队等候时，立马有人认出了我。大家纷纷热情地围拢过来，我开始和大家合影留念。我冻得瑟瑟发抖的样子肯定很明显，因为很快就有一位好心的陌生人注意到我在发抖，毫不犹豫地把他的军大衣递给了我。

我推辞了一番，毕竟不好意思接受陌生朋友的礼物，但那位男士执意要我收下那份温暖。"那……好吧。"我不再推辞。穿上外套后，我惊叹不已，这绝对是我此生穿过的最酷的外套了。"哇，穿上这外套简直气场全开啊！而且真的很暖和。"

升旗仪式宛如一幅庄严磅礴的史诗画卷在眼前展开。在这肃穆的氛围里，我还是略感不安，因为此刻的主角应该是这片土地、这个国家，是那面象征着民族精神的旗帜，而不是我——可我的出现却像一块投入平静湖面的石子，泛起了不该有的涟漪。我不停地提醒周围的人记得我们来到这里的目的，那些军警正神情严肃地盯着我周遭的喧闹场面，这更让我如芒在背。所幸，当太阳从地平线上升起，仪式正式开始后，所有人的目光与心思，如百川归海般，齐刷刷地重新聚焦到仪式上。激昂嘹亮的国歌奏响，身姿挺拔的士兵们正步前进，成千上万的人满怀自豪地肃立着，一片寂静。只能听见国歌的旋律和士兵们整齐的脚步声交织回响。我满心敬畏地站在那里，为能见证这样一个意义深远、底蕴深厚的传统仪式而深感荣幸。

仪式结束后，我再次被人群包围。在我被护送回车上的时候，记者们也围了上来。车子启动后，我凝视着窗外，一时百感交集。我强烈地意识到，自己的生活已然发生了不可逆转的改变。

回到酒店后，我想睡一会儿，可根本睡不着。我点开社交媒体平台，发现几乎所有的视频都在谈论我来到中国这件事。我成了当下最热门的话题人物。我的脑海中思绪万千，想着这次旅行接下来还会发生些什么。媒体的关注、民众的热情、独特的文化——这一切都远远超出了我的想象。不管前路如何，我现在已经到了这里，而且没有回头路可走。

京城行走

我辗转难眠，思绪如乱麻般纠缠，满心都是担忧、兴奋、紧张交织的复杂情绪，不知道明天会面临什么。我完全没有做好应对的准备。想起抵达中国后的这 36 个小时，每一分每一秒都如此独特，是我人生中最紧张刺激的一段时光。我决定不睡了，洗个澡冲去杂念，开始我在中国第一天的生活。

吃完早饭，简单收拾后，我跟着麦克斯及同行伙伴，坐车前往我们今天的第一个目的地——菜市场。我望着窗外，北京的规模之大让我深感震撼。鳞次栉比的高楼大厦，还有路上的汽车令人目不暇接——我是个车迷，对各类车型如数家珍，但路上行驶的车很多我都不认识，因为在中国销售的一些车型在美国市场并不常见，我仿佛踏入了一个全新的汽车王国。

我注意到有些车牌是绿色的，有些是蓝色的，于是就问麦克斯："这些车牌有什么区别呢？"

麦克斯解释说："蓝色代表燃油车，绿色代表新能源车。"

我发现绿色车牌的数量很多，这让我觉得很有意思。这也证明了中国在应对气候变化方面所做出的努力，相比之下，美国的车大多是高能耗的"油老虎"。

这段车程感觉有些漫长，后来我才知道，这在北京是常态。车辆如蜗牛般缓缓挪动，时间似乎都跟着停滞了。不过这座城市的空气质量根本不像西方媒体宣称的那样，空中没有肆意弥漫的雾霾，我看到了蓝天白云，还有很多古色古香的建筑。

终于，我们抵达了菜市场。

置身于这个菜市场，各种感官刺激纷至沓来。它不只是一个菜市场，简直就是一个包罗万象的大集市。菜市场的第一个区域摆满了我生平见过的最漂亮、最具异域风情的植物。

"这些都是卖的吗？"我不禁感叹，还停下来想去闻闻花香，直到工作人员把我拽走。

"继续走。我们还有很多地方要拍呢。"麦克斯说。我查看了一下价格，发现这里的植物比美国的便宜多了。

接着，我们走进了一个地方，感觉就像是进了动物园——里面有狗、猫、老鼠、兔子、蛇等各种爬行动物，还有各式各样的昆虫。我差点就买了一只独角仙，但随后意识到自己并没有安全、合适的地方来安置它。

食品区又是另一番让我震惊的景象。水箱里游弋着鲜活的海洋生物，架子上挂着各种你能想到的肉类。大多数购物者都是上了年纪的人，而且有人告诉我，很多中国人就是这样买食品杂货的。

逛到摆放香料的摊位时，我决定挑战一下自己。在明尼苏达州的博览会上，有一个辣酱摊位，在那儿你能够试吃各种奇特的辣椒。我每次试吃都会流泪或作呕。我向香料店老板询问她这里最辣的辣椒是哪种。麦克斯帮我翻译了一下，老板指了指一筐鲜红的辣椒。我拿起了一个，这时所有人都惊叫起来："不，别吃！"

"没关系。"我微笑着说，然后把辣椒塞进了嘴里。一开始，没什么反应——这向来不是什么好兆头。走了大概20步之后，一股如原子弹爆发般的火辣在我嘴里蔓延开来。我的双眼涌出了泪水，一阵反胃，身体不由自主地弯了下去，引得所有人哈哈大笑。

"给我来点牛奶！"我费力地说道。结果有人递给我一瓶可口可乐。"我要的不是这个，不过也凑合吧。"说完后我就一口气把它喝光了。

那股辛辣的味道如顽固的幽灵在我口中足足盘踞了45分钟，几乎贯穿我们前往下一个目的地——长城的整个车程。我们要在附近的一家餐厅接受"几位记者"的采访，主题是火锅。车子停下时，我眼前赫然出现一幅令人震撼的画面：至少有20位记者严阵以待。

当我走进餐厅时，里面一下子安静了下来，所有人都盯着我看。

这次采访都是些常规问题：我为什么捐赠二战相册？我对日本历史以及第二次世界大战了解多少？我有没有学过一些普通话？

我说错了几个词，但我把这归咎于自己年纪大了，学语言有困难。有位记者微笑着说："没关系。这世上的语言本就是为架桥而生的，为了你，我们很乐意学英语。我们爱你的善意，也欣赏你，凯尔先生。"

采访结束后，我们驱车前往长城。我此刻要说的长城，可不是明信片上的长城，也不是修图后印在日历上的长城，或者被当作功夫视频背景的长城。我指的是真实的长城，是你攀爬过后会感到膝盖发软的长城，是用亿万块砖石砌成、将两千多年时光化作苍龙鳞甲，在群山间蜿蜒盘绕的长城。

人们很容易对长城产生浪漫的遐想，我也不例外。说真的，谁又能例外呢？这可是长城啊，世界上最著名的人文建筑之一。可是，那些宣传手册里不会告诉你，在修建长城的过程中有多少人失去了生命，有多少苦难凝固在了长城的砖石里。长城不是用机器建造的，也不是魔法的产物，它是由人建造的，是由那些别无选择的人建造的，劳工、士兵、囚犯。至少有几十万人活活累死在工地上，他们的尸骨就埋在自己搬运过的石块之下。

长城并不像大多数人所想的那样，是一座连绵不断的建筑。其实它是由不同朝代修建的防御工事拼接而成的，时间跨度长达两千多年。其最初的构筑可追溯到战国时期，各诸侯国为了保卫自己的领地开始修建长城。真正把早期的这些长城连接起来的人是中国第一位真正意义上的皇帝——秦始皇，也就是那个下令建造兵马俑和焚书坑儒的秦始皇。他把长城连在一起并不是想青史留名，而是因为惧怕北方的游牧民族。他想把他们挡在外面，所以他划出了一条界限——一条蜿蜒万里、由砖石和无数生命构筑的界碑。

后来，明朝人在前代长城的基础上进行了大规模扩建，他们把长城变成了一个固若金汤的庞然大物，也就是我们今天所熟知的样子。高大厚重的石墙、敌楼、城垛——各种设施一应俱全。如今你依然可以在部分长城上行走。我亲身尝试了，真的很耗体力。台阶宛如被岁月揉皱的琴键，有些陡峭处近乎垂直，需手脚并用才能攀缘而上，爬到一半时，双腿就开始打战。然而，当你停下脚步，环顾四周，看到长城延伸得那么遥远——一直消失在迷雾之中，仿佛没有尽头——你所有的疲累都会化作无声的惊叹。你会感受到它的宏大、威严以及从历史深处奔涌而来的浩然气魄。

站在长城上时，它带给我的震撼远超预期。这不仅因为它承载的历史，还因为它让我意识到了自己此前的认知是多么浅薄。我竟然对好莱坞演绎的中国历史深信不疑。长城不仅仅是一个旅游景点。它不是冰冷的砖石堆砌，而是一部立体的史诗，铭刻着恐惧、自豪、妄想、智慧和绝望。身处其间，似有千军万马的嘶吼在耳畔回荡，似有烽火狼烟在眼前弥漫，但不管怎样，它依然屹立不倒。

就像建造它的国家一样。

那天阳光明媚，不过有点冷，风也很大。快到长城脚下时，我满怀敬畏地凝视着陡峭的山峦以及在山脊间蜿蜒盘绕的城墙。我们停好车后，我跟着一位导游登上了第一座城楼。长城宏大的规模和险峻的地势让人惊叹。我难以想象一个企图入侵的人看到长城时会有怎样的感受。我摆好姿势拍了一些照片，也拍了一些准备发布到社交媒体上的视频，但大多数时候我只是静静地站在那里，用心感受着眼前的一切。

记者们一直在问着同样的问题，我有点累了，便决定玩个花样。"我们来赛跑吧。看你们能不能跟上?!"说完，我就猛地冲了出去。跑了几百步后，我扭头往后看，发现那些媒体记者在努力跟上我的脚步。随着拉开的距离越来越大，我不禁笑了起来。最后，我停下脚步，等着他们赶上来，同时也让自己喘口气。此时，又有不少游客认出了我，纷纷围过来要求合影。

"感谢你为中国所做的一切。"有个人说道。"感谢你付出的努力。"其他人说道。我不知道该如何回应，只能不停地说："我也非常感谢。"

回到车里时，我心里感到不安，因为接下来我即将踏上乘坐直升机的冒险之旅。我低头看了看自己的双手，发现手心全是汗，但我想已经到了长城，我也算好汉一条，要无所畏惧。

车子从长城出发，行驶了一小段路后就到了机场。我刚好看到一架小型飞机起飞，呼啸着从车子上方掠过。我们下车后，很快，一架正忙着提供观光服务的直升机轰鸣着飞过我们的头顶，降落在了停机坪上。

"紧张吗？"一位记者问我。

"你怎么知道我紧张的？"我调侃道，可我已经开始微微打战了。

我拼命提醒自己别胡思乱想，可思绪却不受控制地肆意驰骋。

"嗯，这可比美国运输安全管理局强多了。"我打趣道，心里想着"9·11"恐怖袭击事件发生后，美国运输安全管理局把所有美国人的出行都变成了一场噩梦。每次去机场，我都能明显察觉到这一点。

顺利通过安检后，我们在这个小型机场里逛了逛。里面陈列着许多飞行员的制服和配饰。我试戴了一顶机长帽，然后照了照镜子。

摄像组的人叫我过去，因为我们要去拍摄了。我们在一个机库里候机，技术人员正在检修各种飞机。其中一架飞机被拆得七零八落，零部件散落在地板上。我仔细查看着不同型号的飞机，直到又有人喊我的名字。

"勇敢点吧。"我喃喃自语道。

我走到了外面，此时所有的摄像机都已架好，准备拍摄直升机降落的画面。飞行员正在进行往返飞行，每次搭载几个人，带他们在长城上空飞几分钟后返回。我无法想象这样的观光飞行得有多贵。

我们爬进狭小的直升机。后排坐着两名记者，其中有一名会讲英语。飞行员对我说了些什么，然后伸出了手。那位记者翻译道："飞行员想要感谢你为中国所做的贡献。他说，你所做的事情让他肃然起敬，还说你真是个好人。"

我跟他握了握手，接着那名记者又说道："飞行员还说他要为你做件特别的事儿，不过得等我们飞到空中才能让你知道。"

"太好了。"我回复了一句。

他启动了涡轮发动机，飞机缓缓离地升空。我能感觉到汗水透过衬衫渗了出来。

飞机开始攀升，我不禁小声自语："哦，天哪！"我们越飞越高，下面的停机坪已经变成了一个小圆点。还没等我反应过来，我们就已经飞到了离地面 1 英里多的高空，开始在长城上方巡航。

从空中俯瞰，长城的雄浑壮阔着实令人惊叹，真的是一眼望不到头。有传闻说从浩瀚的太空能看到长城的踪迹，我心知这只是童话般的愿景。长城顺着山势蜿蜒向上，又向下延伸至山谷深处，在广袤的大地上肆意伸展。直升机沿着长城飞行了一会儿，随后飞行员让它悬停在一个最佳的观景点——在这个位置，目力所及之处，山川、城墙、烽火台……一切尽收眼底。

"咱们怎么停住了啊？"我开口问道。

"你准备好了吗？"记者问我。

"准备好什么？"

我看向飞行员，他笑了起来。接着，他往后拉动操纵杆，突然，直升机如离弦之箭般笔直地急速升空，我的耳朵里也出现了嗡嗡的声音。我们越飞越高，越飞越快，我一直在大声尖叫，直到飞机再次停住。我们现在所处的高度感觉比刚才高了无数倍。

紧接着，直升机突然前倾，我们像石头一样急速坠落，速度跟飞上来时一样快，我再次大声尖叫。最后飞机停在了一个比刚才的起飞点略低的位置，此时我已经气喘吁吁，汗水顺着脸颊往下淌。我看向飞行员，喘着粗气，好不容易挤出几个字："太爽了！"

飞行员哈哈大笑，随后带我们返回了机场。直升机刚一落地，我就从机舱里跳了出来，嘴里冒出的第一句话就是："谢天谢地，我居然没死！"我简直都想趴下亲吻大地了。

尽管这次飞行令人胆战心惊，但它也是我人生中最刺激的经历之一。新闻媒体迅速对我进行了采访，想要第一时间捕捉到我经历此事后最真实的情绪反应。

回到车上后，麦克斯问我："感觉怎么样？"

"这是我经历过的最有趣的事儿。"我对她说道。

离开机场后，我们开始赶往北京城区，短暂休息后，我换上了一套藏青色的西装，然后和麦克斯一起前往电视台。

在中国，有一点始终让我印象深刻，那就是几乎在所有重要的场合都得随身携带护照。无论是搭乘公共交通工具，还是参观博物馆，或进入电视台，护照都是必不可少的。每次记得带上护照时，我心里都会松一口气，因为在美国我可不习惯这样。不过，我能理解这背后的缘由。

来中国之前，我读过一本美国专家写的研究中国问题的书。书中探讨了这个国家在历史上是如何应对动荡与混乱的。

作者解释说，中国在经历了数百年的风云变幻之后，才迎来了如今稳定的局势。在这样的背景下，必须采取相应的措施维持秩序。虽然这个国家已经安稳发展了数十年，但它的人口基数很大，再加上科技飞速发展，诸多复杂因素相互交织，要确保社会持续稳定、长治久安，就必须未雨绸缪，采取切实有效的预防措施。

这一点，在频繁被要求出示护照这件事情上就体现得淋漓尽致。这虽然是一个小小的举动，却时刻提醒人们，在这个庞大且充满活力的社会里，有一套严密且完善的制度来保障社会的和谐稳定。

我们在正门处等候着，直到记者看到了我们。"埃文·凯尔先生！"他大声招呼着，热情地挥着手，随即带着两名助手走了过来。我们被引领着进入了这个设有警卫的园区。在往里走的时候，记者颇为自豪地向我们介绍着员工的福利设施，比如网球场、羽毛球场、乒乓球活动区，还有一个游泳池。感觉这里就像是一个迷你度假村。

然而，接着他却把我们领到了一处看上去像是废弃公寓楼的地方。我迟疑了一下，心想是不是走错了。

随后，我们转过一个拐角，走进了一间功能齐备的电视演播室，它被布置得宛如颇有格调的图书馆。这里温暖舒适，灯光明亮，配备了摄像机、桌子和书架。

采访结束后，我们游览了天坛，它是北京的标志性景点之一。

天坛可不仅仅是一座隐藏在城市公园里的古老建筑。它不像堡垒或宫殿那样张扬或气势逼人——更像一位内敛的智者，将"致广大而尽精微"的哲学融于其中。它是经过精心设计的，甚至每一英寸都经过古代匠人以天地为尺、以星象为墨的精密演算。它的方方面面都透露出一种秩序感。对称如神明执笔的诗行，和谐似万物生长的韵律。这曾是帝王叩问苍穹的祭坛，也是一个"天人合一"宇宙观具象化的地方。

我记得自己第一次走进天坛建筑群时，它带给我的冲击并不像一记重拳打在腹部那般强烈——而是像春溪漫过青苔那样舒缓。我在那里伫立的时间越长，它对我内心的触动就越大。建造这个地方可不是为了给普通大众留下深刻的印象，也不是为了彰显荣耀或满足个人的虚荣心。它是为皇帝能与上天对话而建。所谓对话，并不是某种比喻，而是真正意义上的与天对话。帝王不再是故宫里的九五之尊，而成了代苍生叩问天意的联通者。

这里曾是皇帝祈求五谷丰登的地方。他们在此斋戒，并在绝对安静的氛围中举行各种仪式。他们会向上天跪拜，祈求免受惩罚。这是因为，在古代中国，皇帝不仅是统治者，也是天子。他的全部权威都维系在一种叫作"天命"的东西上。如果庄稼歉收，或者天下大乱，那就表明上天已不再庇佑他——他便可能被赶下皇位。天坛就是用来检验和维系皇帝与上天之间关系的地方。

天坛的布局中，每一样东西都蕴含深意。殿宇呈圆形，坐落在方形的平台之上——象征着天圆地方。色彩、数字、瓦片，无一不植根于宇宙学说和古老的哲学理念。这个地方建于 15 世纪的明朝，你能真切地感受到当时的人们对待这些事物是多么认真。祈年殿二十四柱暗合节气轮回，檐角二十八宿铜铃摇碎星图，在这里漫步，就如同走进了一个方程式，一个由大理石和雪松精心雕琢的数学命题。而今，它依然保存完好，风采依旧。

天坛的主体建筑是祈年殿，一眼望去，它的完美程度简直超凡脱俗。这座大殿在建造时没有用到一根钉子，靠的是榫卯咬合的建筑智慧、精妙绝伦的平衡设计和无与伦比的精湛技艺。

它高高耸立，造型对称，宛如某种来自宇宙的音符，调控着这一方空间的频率。大殿下方的地面是由三层大理石铺就的。屋顶呈深邃的蓝色，仿佛是苍穹俯身时留下的倒影。这座建筑本身就具有永恒的魅力。

脚踏昔日皇帝们走过的足迹，呼吸着他们呼吸过的空气，你会恍然意识到，在宇宙这个庞大的运转体系中，自己是何等地渺小。这就是天坛存在的意义，一直以来都是如此。

真正让我惊叹的不只是建筑本身——还有其背后蕴含的哲学思想，即认为政府、自然界以及宇宙本应和谐运转的理念。倘若任何一方出现了偏差，整个体系就会随之崩塌。

天坛从不高声呐喊，它只是轻声低语。但只要你用心聆听，便能领会到它所传达的意蕴：秩序、平衡、责任。

它时刻提醒我们，哪怕是这世上最位高权重的人，也不得不屈膝下跪、仰望苍穹，祈求得到上天的应允，追索天、地、人的共生之道。

参观前我们先去了一家服装租赁店，我在那儿换上了中国的传统服饰。有人建议说："你要不要试试黄色的？黄色可是皇家的象征。"

"我觉得在天坛穿黄色有点太张扬了。"我回应道。随后我选了一套朴素的红色服装。在照镜子的时候，我感觉自己仿佛也变了个人。

在天坛游览时，我在圜丘坛中心的天心石旁许了个愿。通常来说，游客们会在此祈求好运。我闭上眼睛，默默地祈愿世界和平。当我转身离开时，一群小学生认出了我，纷纷围过来要和我合影。在那一刻，历史与现实、庄严与童真奇妙交融，为这段充满奇幻的旅程又添一笔美好的注脚。

见字如面

回到酒店后，我发现一个美妙的惊喜在等着我——一份特别的快递。这份快递不是来自某一个地方，而是来自中国天南海北的学校。有好几千封信，都是学生们亲笔书写的。他们说感谢我的努力，还向我保证，说以后只要一提到美国就会想起我。

我静静地坐下来，开始一封接一封地仔细阅读。

有件事立即引起了我的注意，那就是这些学生的字迹。无论是用英文写的，还是用汉字写的，都透着孩童特有的认真，字迹无可挑剔。想到我那潦草的字迹，我不禁暗自笑了起来，我写的龙飞凤舞的字看起来简直像医生开的处方——而且我猜想，我的大多数美国同胞也是如此。即便已进入数字时代，手写能力依然重要。很显然，在中国手写仍然备受重视。而在美国，不少人已经遗忘笔尖与纸面相触的感受，我真担心有一天这种书写技艺会消失得无影无踪。

但更重要的是，我手中的这些信件就是明证——实实在在地证明了我给这个世界带来了一些影响。这些我素未谋面的孩子，却向我许下承诺，说以后只要提到美国就会想起我。因为我所做的事情，他们把我与善良、温暖、勇敢、正义这些品质联系在了一起。仅仅这一点，就让我感慨万千。

埃文·凯尔先生：

您好！

我只是一名普通的学生，可我还是希望您能看到这封信。在语文课上，我们学习了《纪念白求恩》，白求恩先生是一名有着国际主义精神的共产党党员，他毫不利己，专门利人，为我国做出了巨大贡献。

您也是如此。在收到那本相册后，您遭遇了诸多不幸。有人试图高价购买相册，以消灭罪证；有人在网络和现实生活中对您进行死亡威胁，试图让您屈服。可您没有妥协，您为了心中正义，穿着防弹衣义无反顾地保护相册，最终把相册捐给了我国政府，您的精神让我深深感动。

是您让南京大屠杀中遇难的 30 万同胞得以安息，正义之人是人道主义的，他们会不分国籍地帮助所有人。我一直都知道美国对中国是有偏见的，可是您对中国没有偏见，您帮助我们保护历史证据，我想对您说声"谢谢！"。

我要学习您的精神，您不分国界，愿意冒着生命危险守护他国历史，我也要学习您这份勇敢正义，努力成为一个对国家、对世界有贡献的人。

希望您在中国玩得开心，更希望您能来深圳！

2024 年 11 月 22 日

亲爱的埃文·凯尔先生：

您好！

最近听说了您的事迹，对此，作为一个中国人，我对您致以深深的谢意。这本有关南京大屠杀的相册对中国来说实在太重要了。当年日本在中国犯下了很多罪行。但如今，日本居然矢口否认当初犯下的罪行，甚至我还听说过一件更让人气愤的事情：一名中国旅客前往日本旅行，到靖国神社时，竟发现当初南京大屠杀的主犯被当成英雄供奉。那名中国旅客就问了旁边的日本人，没想到他竟然说："中国人杀死了我们的英雄！"那名中国旅客很气愤，于是又追问了南京大屠杀，那名日本人说："什么南京大屠杀？我只听说过南京战役。"中国旅客没想到，日本竟然能无耻到这种程度，他们想要掩埋历史，中国人想揭穿他们的罪行，但苦于证据有限，如果再这么下去，这段历史将被遗忘。您捐赠的这本相册揭示了当时的罪恶情形，揭下了日本的面具，这无异于雪中送炭。

听说了您捐赠相册的事情后，我非常激动，我同时也了解到，您当时就算穿着防弹衣，不顾自己生命安危也要把这本相册送给中国，我必须再次向您致以谢意。当然，中国人也回赠给您了礼物。想必您已经知道了，您收到的那件国礼瓷是无价之宝。历史上只有三位普通公民获得了国礼瓷，一位是白求恩，他在战场上挽救了成千上万人的性命；一位是约翰·拉贝，在日军侵华时，他救下了数以万计中国人的性命；第三位就是您了。拥有了国礼瓷，您就是中国 14 亿人的英雄。

还有一些话想对您说："埃文·凯尔先生，您什么时候来广东省深圳市玩儿呢？这里有很多好玩的、好吃的。如果您有时间，您可以从北京坐飞机到深圳宝安机场，或者坐高铁到深圳北站。深圳宝安机场在宝安区，而深圳北站在龙华区。我们学校就在龙华区，我是一名初一的学生，如果您可以来，我们学校欢迎您！"

最后，祝您在中国玩得愉快！

2024 年 11 月 24 日

尊敬的埃文·凯尔先生：

您好！

我是深圳市的一名初中语文教师，和您应该是同龄人，特别荣幸在我的生命中能够因为教育、因为孩子，和自己认为的优秀的您进行这么有意义的交流。

我做老师已经 7 年了，渐渐地体会到教育的本质就在于把学生带到他们人生的远方。作为中国人，我们要重视悠久的历史，千年的历史中有太多智慧，也有太多教训。知来处，才能知去处，近代史对于现在幸福生活着的每一个中国人来说，都是无法忽视的。如果说，我们的文化从千年前来，那么我们的生命（新生）就是从近代的抗战中来。如今我们依旧还是残缺的，正如您看到的圆明园的断壁残垣，十二兽首散落各地，不知下落；正如您看到辉煌的紫禁城下，当它还在辉煌时，就已经开始闭关锁国，沉浸在自己的辉煌里不思进取，以致丧权辱国。中国有成语"居安思危"，还有"否极泰来"，这些都在讲变化、前瞻、格局的重要性，在当今局势下，更让我坚信这一点。

而您做了一件伟大的事情，因为残酷的过去，您选择正义；因为世界还有战乱苦难，您选择和平。

上周，我正在给他们讲一篇语文课文《纪念白求恩》，里面有段话，全班孩子都会背诵：

"我和白求恩同志只见过一面。后来他给我来过许多信。可是因为忙，仅回过他一封信，还不知他收到没有。对于他的死，我是很悲痛的。现在大家纪念他，可见他的精神感人之深。我们大家要学习他毫无自私自利之心的精神。从这点出发，就可以变为大有利于人民的人。一个人能力有大小，但只要有这点精神，就是一个高尚的人，一个纯粹的人，一个有道德的人，一个脱离了低级趣味的人，一个有益于人民的人。"

这是这篇课文的最后一段，这段话饱含了懊悔、悲痛、怀念、感动、敬重，还有对全中国人民的期待以及自己的志向。孩子们背得很大声，他们甚至把这些话也写进了给您的信里。我相信，在他们心中，您已然是这样伟大的人。

昨天（2024 年 11 月 25 日），当我告诉他们我可以把信交给您时，他们高兴得放学后还久久不愿意回家，跟我畅谈您未来来深圳的情形。十二三岁正是需要榜样和人生方向的时候，我相信您成了他们人生第一个重要的榜样。

特别感谢您对孩子们的爱心、对中国的真心，我们是永远的朋友。

深圳市某中学七年级四班全体师生

还有很多很多信件，无法一一展示。我感动于这些老师和学生的真挚以及对我的认可与喜爱，我为自己能给他们带来一些正面的影响与鼓励而感到开心，原来我不是一个人在战斗。那天晚上，我躺在床上，想着自己的心愿——世界和平。这真的是个很疯狂的想法吗？这一天，我既深入体验了中国文化，又进行了自我反思，还做了些策略性的规划。尽管面临种种挑战，我还是深切感受到了与中国以及中国人民跨越大洋依旧心意相通。我下定决心继续做前行的联通者，一步一个脚印地走下去。

几天后，我们去参观了久负盛名的故宫。

故宫是这样一个地方：在亲眼见到它之前，它就早已在你脑海中萦绕许久了。一听到这个名字，你的脑海中马上就会浮现出一些画面——红墙、金顶、盘绕在立柱上的巨龙，还有那些身穿缝着秘密的长袍、拖着步子走动的宫女和太监。然而，当你真的走进了故宫，脑海中原有的印象瞬间破灭。因为它不只是一座宫殿，它简直就是一个被浓缩在一方天地里的帝国。朱墙黄瓦凝固着永乐年间的风，每个转角都能撞见历史的余温。

这个地方的规模很大，简直可以说，大得离谱。站在午门前，你根本看不到故宫的大部分区域，时空仿佛折叠成奇点。之所以把规模设计得如此宏大，就是要让你迷失方向——当你的视线掠过太和殿铜鹤翅膀的弧线，让你觉得自己踏入的不只是一处建筑，而是走进了另一个维度。在这个世界里，所有的建筑都围绕着一个人：皇帝，也就是天子。按照中国古代的说法，故宫就是宇宙的中心。

故宫始建于 15 世纪初的明朝永乐年间，动用了超过 100 万的劳工，耗时约 14 年才最终建成，堪称人类史上最壮阔的营造实验。他们建造的不仅是一处居所，而且是一个皇权的象征、一座秩序的堡垒、一台举行仪式的机器，同时也是一座奢华的囚笼。越是深入其中，你就越发意识到这一切都是经过精心谋划的。每一道门、每一种颜色、每一个庭院都深深植入中国古代的宇宙观和帝王思想。没有任何一样东西是随意设置的，它们编织成一张巨大的意义之网，每一个元素的存在都是为了强化皇权。

故宫内大小宫殿有 70 多座，约 9000 个房间。几个世纪以来，普通人根本无法靠近这里。正如它过去的名字"紫禁城"——"禁"意味着禁止，以前它可不是旅游景点，而是皇帝办公、起居、批奏折和离世的地方；是嫔妃们在无形的战场上争斗的地方；也是太监们在暗中操纵局势的地方。故宫那朱红色宫门后的金口玉言和诏令机谋，决定着当时世界上五分之一人口的命运。

如今漫步其中，感觉很奇妙。人群熙攘喧闹，宫墙已有些斑驳。你不免会觉得自己像个闯入者，在曾经那么神圣、危险、难以触及的遗迹中徘徊游荡。然而，那种气场依然存在——融入了每一块石头。当你抬头仰望屋顶，看到金黄色的琉璃瓦在阳光下闪烁着光芒，你会意识到，没有人会仅仅为了舒适建造出这样的建筑。它的设计初衷是让天命在砖石间显形，使皇权于梁枋上永驻，同时震慑世人。

最让我震撼的并非它的壮美，而是那种与世隔绝的感觉。皇帝本应是世上最具权势的人——但同时也是最孤独的人，被高墙环绕，被无数双眼睛注视着，被困在"天命所归"的茧房里。他迈出的每一步都经过精心安排，他说的每一句话都带有攻伐权谋。当他生活在一座为彰显自己的地位而营造的居所之中，怎么可能知晓什么才是真实的？

故宫不只是一座宫殿，它也是一个舞台——权力角斗场。一旦亲眼见识过，你就会明白：那样的权力从来都不是免费的，得到它总是要付出代价的。

参观完故宫后，我回酒店舒舒服服地泡了个澡，然后准备前往中国钱币博物馆。在天安门广场附近看到它的入口之前，我都不知道有这么个地方。作为"当铺老板"和狂热的钱币爱好者，这个意外之喜我肯定不能错过。

我们事先没打招呼就到了博物馆，工作人员立即认出了我，主动提出要亲自带我参观。从早期贝币到各国纸钞，馆里收藏的稀有硬币和纸币让我流连忘返。我最喜欢的展品是一些样币——这是在大规模铸造前为检验货币的质量设计制作的样本，数量极其稀少，几乎每件都是孤品。现场展示的样币都是金币，价值数百万元。在参观过程中，我不时发出惊叹，简直不敢相信自己的眼睛。这座博物馆完全可以媲美华盛顿特区的史密森尼美国艺术博物馆，后者藏有美国历史上一些最为珍稀的硬币和纸币。一个用钱币记载东方帝国的兴衰更迭，一个以镍币镌刻美利坚的拓荒简史，在方寸之间构建起了超越国界的文明辉映。

在博物馆里，我还看到了好几根巨大的金条。鉴于金价一直在飙升，我估计它们价值数百万元。工作人员对我在钱币学方面的知识颇为赞赏。当我在一张海报上看到一枚熟悉的硬币时，我大吃一惊。没错，正是那枚来自希腊的金币。它一映入我的眼帘，我就脱口而出："不会吧。我曾有过一枚一模一样的金币。"

我向工作人员解释说，几年前我从一个难缠的卖家手里买下了那枚金币，但为了尽快凑够这次中国之行所需的费用，前不久我以远低于其实际价值的价格卖掉了。她听了之后很受触动，后来还礼赠我一枚中国古代的硬币，它来自一千多年前的某个朝代。我有个原则，就是不会出售别人送我的礼物。有些相遇是时空的闭环，就像这枚硬币，因为附着了情感的温度，它在我的藏品中珍贵无比。

参观完钱币博物馆的那天晚上，我们有幸与赵林山先生共进晚餐。他是一位知名的电影导演，曾拍摄过一部跟731部队有关的电影，出于一些原因，尚未上映。731部队，是二战时期侵华日军在中国东北设立的以活体实验来研发和生产细菌武器的组织。那些不该被遗忘的罪证，是该用胶片再次揭露了。

晚餐时，我们因对历史有着共同的认知而相谈甚欢，他甚至还邀请我在他的电影里出演某个角色。唯一的问题是，他希望我参演的那场戏要在圣诞节当天拍摄，这意味着我得延长在中国的停留时间。不过，这毕竟为我提供了一个机会，让我得以迈出实现演艺梦想的关键一步，所以值得认真考虑。还有一点尤其重要，他的这部电影能让人们更深入地了解二战时期那段惨痛的历史。

我们还聊了很多有意义的事情，一直到很晚才互相道别，对我来说这真是收获颇丰、无比充实的一天。

上海杭州

在北京待了数日之后，我开始前往中国行的下一站——上海，这个被称为"魔都"的国际化大都市。

在机场的时候，安检人员认出了我。经过金属探测器时我开玩笑说："埃文·凯尔可不是恐怖分子。"但他们好像没听懂我用英文展示的黑色幽默。

麦克斯看了我一眼，提醒我在中国要收敛一下。

我们喝了杯咖啡，然后登上了飞机。这是一趟短途飞行，找到自己的座位后，我对接下来的行程无比期待。

飞行途中，我大部分时间都望着窗外。当飞机降落上海，坐汽车穿行在上海繁华的街道上时，我有种亲切感，因为恍惚间竟像是身回纽约第五大道，而纽约是我很喜欢的城市。上海有好些历史建筑，繁华程度超出了我的想象，漂亮、干净、时尚。车子经过外滩时，我看到了美丽的黄浦江，还有鳞次栉比的高楼大厦，忍不住拿出手机拍照，真的太美了！如果说北京是一座有着厚重历史文化底蕴的城市，那么上海就像一位走在时代前沿的变革者，是一座熔百年历史与现代于一炉的魔幻都市。

到达酒店后，我们换了身衣服，然后出发去参观我捐赠的二战相册里的记载地，特别是南京路。然而，到了那里我们才发现，要找到相册里的确切地点太难了，简直就跟走迷宫似的。我决定在街上四处逛逛，好多人认出了我，纷纷跟我打招呼，合照，这份突如其来的礼遇让我感觉很荣幸。我沿着一条街道走到尽头，看到了很多有意思的店铺，午间我们去了一家高档的中餐馆，晚餐后我们回到酒店抓紧时间睡觉，因为第二天的日程已经排满了，有很多采访等着我。

等到第二天早晨醒来时，我感觉有点不对劲，头晕脑涨还有些四肢无力。我强撑着洗了个澡，以便自己能清醒一些，简单收拾后来到大堂和一位记者碰面。然后我们在上海的街道上边走边聊，做了一次漫步式采访。随着时间的推移，我感觉越来越难受。不适感从头部转移到了胃部，很快我全身开始疼痛。我努力忍着，但到了傍晚，我已经快撑不住了。我几年前认识的一位朋友搬到了上海，本来我们约好了共进晚餐，但我觉得可能得取消了。

之后我们去了一个熙熙攘攘的市场，一个小女孩看到我兴奋地尖叫起来，围观人群瞬间如沸水翻涌。我还从来没见过哪个小孩看到我会有这么强烈的反应。手机镜头从四面八方探来，我花了大约半个小时跟大家合影，后来人实在太多，我们只能离开。随后我们和另一批记者去了一家高档餐厅喝茶，但此时我的身体实在有点支撑不住，腰部的疼痛也在加剧，还觉得头晕目眩。回到酒店后，我冲进浴室吐了起来。我取消了跟朋友约好的晚餐，上床睡了大约一个小时。醒来时浑身疼得要命，感觉像有人往我骨头缝里灌满了铅粉。

晚上 8 点左右，我觉得自己得去看医生了。我告诉了麦克斯，随后她来帮我一起收拾东西。

我拿出一个包，开始往里装我的笔记本电脑和笔记本，麦克斯一脸困惑地看着我，问道："埃文，你在干什么？我们要去医院。"

"是啊，"我回答说，"但在美国，至少得在医院等好几个小时，而且他们通常还会建议住院观察。"

她笑了："在中国完全没必要。你什么都不用带。抓紧时间走吧。"

"真的不用带东西吗？"我惊讶不已，但还是选择相信麦克斯。

我们去了附近的一家医院。候诊室里，一个男人痛苦地呻吟着，头顶上方挂着一个血袋，大厅里还有一些人在候诊。终于轮到我了，先是抽血，然后详细做了问诊，还做了检查，包括新冠检测。检查结果很快出来了，指标基本都是阴性，但白细胞计数偏高。医生给我开了些抗生素，很短的时间，我就得以离开医院。整个看病过程只花了 30 美元。

差不多就在这个时间点，美国有个叫路易吉的人涉嫌谋杀一家医疗保险公司的首席执行官，引发了一场围绕支离破碎的美国医疗体系的全球大讨论。两者的对比太鲜明了：在中国花 30 美元就能解决的事情，在美国得花 2000 美元。

接下来的一天，我大部分时间都躺在床上休养，抗生素药盒与矿泉水瓶在床头柜上排成方阵。那天晚上，我们登上了去杭州的火车。我没怎么说话，一心想着要好好睡觉和按时吃药。

我们到达杭州时，一群警察和记者在等着迎接我。我举行了一个简短的新闻发布会，显然我的病况已迅速传遍媒体圈，大家都理解我需要早点休息。回酒店后我赶紧休息，给身体充充电，准备好在杭州开启新的冒险之旅。

◈ — ◈

我以前从未听说过西湖，但到了这里之后，刹那间被某种宿命般的熟悉感攫住，因为它在无数的功夫电影中出现过。西湖不像长城或故宫那样给人强烈的冲击感，却有独特的东方禅意和美学。它就如平静水面上的薄雾，会悄无声息地渗进你的心里。你不是在观赏西湖，而是在氤氲水汽中感受它。然后，突然之间，你就沉浸在它的韵律和静谧中。时间都仿佛浸了西湖水，也开始变得不一样了。

西湖位于杭州——一座既现代又古老、科技与茶香同频共振的城市。千年文脉在西湖的粼粼波光中流转。这就是它的魅力所在。它从不张扬，也无须张扬。一千多年来，它赋予了无数人灵感，包括诗人、画家、皇帝、僧侣以及失恋的人们。它在重建、修缮、损毁、礼赞中轮回——无尽岁月里，断桥边的垂柳、雷峰塔的夕照、历代文人墨客的诗笺……它内在的灵魂从未改变。

同行人告诉我西湖是部无字史书，当你沿着湖堤漫步时，你会在不知不觉中穿越层层历史。前一刻你还站在宋代的石桥上，下一刻你就走到了唐诗中提到的柳树下。小船悠悠划过——即便是现代的船只，但外形与古船相比，变化不大。西湖和一千年前有着同样的轮廓、同样平静的涟漪，只是欣赏它的游客换了一代又一代。

在过去，皇帝们会来这里逃避宫廷生活的重压。诗人们会来此排解心中的伤痛或追寻创作的灵感。艺术家们则来这里描绘那些难以言表的情感。帝王的叹息和文人的水墨，都在涟漪里沉浮。

而其他人呢？他们不为附庸风雅，只是来这里呼吸新鲜空气，放松一下心情。因为西湖从不向你索取什么。它只是让你做最真实的自己。这是非常难得的，尤其是在一个我们总是被推着内卷的时代——要高效产出、要举止得体、要有所成就。而在这里，你可以短暂逃离一切，当全世界的KPI（关键绩效指标）都在追赶落日，唯有西湖能让你获得内心的平静。

沿着湖边漫步，看着湖中的倒影在水面上蔓延，我意识到这个地方与众不同。它不喧闹，也不排外，充满了人情味。

中国人常说："上有天堂，下有苏杭。"这句话是几百年前写下的，但至今依然十分贴切，仿佛古代的吟诗声与现代人的脚步声，都编织进同一个画面。西湖就像一个让人不愿醒来的梦，美得那么不真实，却又切切实实存在着。

西湖有一个古老的传说——《白蛇传》，讲述了一个惊天动地的爱情故事。其中有魔法、背叛和转世轮回。这个故事有无数个版本，但始终围绕着西湖展开。因为这样的地方，承载的不仅仅是历史，还有故事、情感和各种各样的传奇。

午饭后，我们继续游西湖，一位著名的书法家正等着给我上一堂书法课。我站在西湖边，欣赏着眼前的美景——湖面像撒了金箔，天空万里无云。由于蛇年即将到来，而我又属蛇，所以书法家现场教我画灵蛇图，还送了我一幅他的作品。后来我才知道，他的作品在拍卖行能卖很高的价钱。不过，我可没打算卖掉这份礼物。我准备建一个博物馆，把我收到的所有礼物都放进去，并把它命名为"友谊博物馆"，让更多人看到不同文化之间的温暖联结。

接下来，我们乘船游览了西湖。我惊讶地看到有潜鸟在水中翻波逐浪，它那标志性的叫声也在湖面上回荡，这可是我的家乡明尼苏达州的州鸟。眼前的景色是新旧交融的美丽画面——近处是古老的雷峰塔，远处则是现代的摩天大楼。"多么美好的一天啊。"我自言自语道。西湖的美景让我几乎忘记了当天早晨身体不适的糟糕状况。

随后，我们来到了良渚古城遗址，这是一个令人惊叹的考古遗址，其历史可以追溯到五千年前。这里可以看到从容踱步的鹿，仿佛是良渚先民驯化的灵兽。它展示了良渚文化以精美的玉器、完善的水利系统和城市规划著称的先进文明，城墙、宫殿和陵墓构成的遗址，简直像一部暗藏着东方密码的史诗。

游览完西湖之后，我们去了一家高档餐厅，一进去整个房间瞬间安静了下来。记者们礼节性地守在外面，用长焦镜头拍摄。我们坐在一个有玻璃幕墙的区域，这里可以直接俯瞰西湖的景色，视野相当好。

我们被推荐了一道名菜——每个杭州人都赞不绝口，来杭州不能不吃的西湖醋鱼。这就好比去了芝加哥你不能错过比萨，到了巴黎卢浮宫不能与《蒙娜丽莎》擦肩而过。

于是，我品尝了醋鱼。令我惊讶的是，尽管身体不适，我却觉得这鱼无比美味，病中的味蕾竟在酸甜交织的震颤中苏醒。

这道菜用的是草鱼，一种直接从西湖里捞上来的淡水鱼。他们是用青瓷盘将整条鱼端上来的——鱼头、鱼尾、鱼骨，一应俱全。没有切成鱼片，也没有采用西方的调味做法。我第一眼看到它被端上桌时，感觉它也直愣愣地盯着我，仿佛知道我的一些隐秘。鱼肉很嫩，味道鲜甜，而这正是最本真的烹饪哲学。它像海绵一样吸收着酱汁。而那酱汁才是这道菜的灵魂。

他们用的是镇江香醋、糖、酱油、姜，有时还会加一点绍兴黄酒。第一口吃上去是甜的，接着，醋的酸味会慢慢渗出来，刺激喉咙的后部。一开始，你会觉得这种味道的搭配很奇特——就像有人把甜点放进了主菜里——但不知为何，它就是很特别，感觉像是沾了西湖水的灵气，酸甜糅杂在唇齿间回转，让你回味无穷。

这道菜的起源故事更有意思。它可以追溯到宋代。有个叫宋嫂的女子，丈夫被贪官污吏杀害了。在丈夫临死前，她为他做了最后一顿饭，其中就有这道菜。甜味代表爱意，酸味代表复仇。这个故事是真是假并不重要，但它的确为这道菜增添了几分传奇色彩。享用这道菜时，你不仅是在品尝鱼肉的滋味，更是在品味食物背后的时代悲欢，触摸一个女子用食材写就的情书。

除了西湖醋鱼，我还品尝了叫花鸡、桂花糯米藕、东坡肉等美食，每道菜都让我这个外国人大开眼界、大饱口福。这和薯条、炸鸡等美式快餐或者说西餐太不一样了，它们精致、美味、典雅，有着独属于江南水乡的婉约气质。很多食物背后还蕴含着典故、历史文化习俗，与其说是美食，不如说是一道道艺术盛宴。那些惟妙惟肖、精美绝伦的点心我甚至舍不得吃，只想好好欣赏。这就是我对杭州美食的印象——把江南的烟雨、中华的审美和特色食材完美融合。

那天晚上离开餐厅的时候，我吃得很饱，还有点微醺，心里荡漾着一丝淡淡的忧伤。但不是那种难过的感觉，只是……心比平时更沉静了。就像西湖本身一样，让人回味悠长。

在进入浙江省博物馆之前，我被领进了一间庄重的会议室，一群记者朋友已等候多时。采访者接踵而至，依旧是大家最关注的几个问题：你是怎么得到那本相册的？你的第一印象是什么？你为什么决定把它捐赠给中国？你遭受了哪些网络威胁和骚扰？我逐一作答后，就进入了博物馆展厅。

在里面，先是见到了一位制作传统被面的大师，他向我展示了一件手工艺品，上面那繁复精细的花卉纹样凝结着他的家族传承了几个世纪的秘密。他让我试着缝了几针，发现我竟然手法准确，很是惊讶——这是我小时候祖母教给我的技能。他的作品令人叹为观止，据说每一件都要耗时数月才能完成。当我问他人工智能对艺术的影响时，他的回答耐人寻味："机器没有灵魂，只有经过人的赋能创造，才能真正展示艺术的美。"他的回答和他的作品一样令人叹服，因为机器可以复制形态，却无法复刻灵魂；能模拟技法，却难以模拟心动——真正的艺术，终究是人类心血浸润的回响。

一位深耕中国传统文化的博主听泉带我参观了博物馆，馆内收藏了大量珍贵的艺术品和文物。他气定神闲地带我漫步其中，仿佛对这里的一切都了如指掌。他能信手拈来藏品的朝代典故和瓷器的釉色类型，就像在介绍自己的老朋友一样。偌大的展厅中现代展陈与古老气韵浑然相融，你甚至能在这里的空气中感受到岁月的流转和文明的脉动。

我们从青铜展厅开始参观，灯光下陈列着商周时期的礼器，上面雕刻的兽面纹和雷纹跨越了千年时光，仿佛凝视着我们。有一件器物——一个带有环形把手的早期三足鼎——看起来像是从战场上拖回来的。鼎的侧面还能看到烧焦的痕迹。

听泉称它为"权力和身份的象征"。在那个时代，拥有一件这样的器物，意味着这个人有着至高的权力以及和神灵对话的能力。这样的礼器既是天命所归的凭证，也是血祭浇灌的战利品，因而其背后常常伴随着部族征伐的血腥斗争。

接下来我们走进了陶瓷展厅，这时我才真正开始专注起来。这里有越窑的青瓷，虽历经千年，那雨过天青的釉彩依然鲜艳夺目。有一个花瓶是从南海的一艘沉船中打捞上来的。他们把花瓶和潜水员拍摄的照片放在一起展示——骨头、生锈的硬币，还有那个保存完好的花瓶就那么静卧于沙床，仿佛一直在等待着被人们发现。

再往前走，我们来到了德化瓷器展区。自从收到那件国礼瓷后，我就特别想看到更多来自这个地区的瓷器。它们温润似雪，如大理石般完美无瑕。如果说青瓷是雨后山岚的朦胧诗，那么德化瓷器就是月光织就的素绢。听泉凑过来对我说："这是有灵性的东西。佛教徒很喜欢。你看那尊观音像——看到她眉眼低垂处凝结的宁静了吗？那可不是偶然出现的。那是制陶人的双手在五百年的传承中留下的肌肉记忆。"

我们继续往前走，就在拐角处，一件明代的漆器让我停住了脚步。漆面是一幅宫廷生活的场景——有乐师、舞姬、灯笼，雕刻得如此精细，你甚至能从人物面部微小的刻痕中体味到他们的情绪。每一个细节都栩栩如生。这何止是艺术，分明是对那个时代人们生活的美好记录。楼上是书画藏品区，展出的画卷比一辆城市公交车还要长。我们在一幅水墨山水画前停了下来——画面中只有山峦和薄雾，意境很美。"留白是绘画语言的一部分，"听泉说，"重要的不是你画了什么，而是你没画什么。"这句话让我记忆犹深。

然而，最触动我的是藏在角落里的一个小型展览——民国时期的个人文物展。一枚银簪子、一块有裂痕的怀表、一封手写的情书，墨水已经褪色，纸张的边缘也已磨损泛黄。

这些记录普通人日常生活的物件，在我看来并不逊色于那些贵重的文物，它们被保存在玻璃展柜里，就像是那个喧嚣时代里遗落的温柔注脚。

博物馆的武器展区让我格外着迷。在那里我仔细端详了一把饱经战火的剑。我根据剑上的缺口和紫褐血痂，推断出它背后的故事：这把剑的主人武艺高超，很可能是一位沙场宿将，他骁勇善战，轻而易举就战胜了对手。听泉证实了我的推测，并对我的洞察力表示赞赏。

浙江博物馆不仅仅是一个存放大量藏品的地方，它对于当今的人们来说更是一条探寻历史的甬道。帝国兴衰，战乱不断，一代又一代人来过又离去。那些留存下来的文化、文明火种，才是如今的我们应该守护的。

这些悠久又灿烂的历史文化，给我的震撼远非视觉盛宴可以形容。美国建国史不过弹指两百多年，当然没有如此悠久的历史源流可追溯，而在中国我看到了人类历史长河里流转了千百年的文化、艺术，以及先民们生活过的痕迹。这种感觉真的很神奇，或者说很感动，会让你对当下以及未来的生活有不一样的思考。如果时间允许，我愿意在这里停留更久。

在奔赴下一站的行程中，我的心境也逐渐变得沉重起来，胸腔像灌满铅般往下沉。当我们的车子穿行于杭州的细雨中时，我闭上眼睛，在心里默默告诉自己：埃文，你要准备好即将到来的这趟中国之行中最重要的一站——南京。

铭记历史

南京大屠杀

　　我正前往南京，去缅怀在大屠杀中惨遭日军屠戮的遇难者们，并追忆二战期间发生在南京的那段惨绝人寰的历史。从某种意义上说，我已成为这段历史最特殊的观察者，也是为数十万亡灵抬棺的送葬人。

　　我们搭车前往火车站，几位来自南京的媒体记者将随行采访数日，但此刻我却根本无法让自己轻松起来。

　　"媒体想做个专访，"登上高铁时麦克斯告诉我，"我们去商务车厢，那里安静些。"

　　那些悲伤、泪水、忧虑，所有令我备受煎熬的情绪再度涌上心头。此前只要想到这段历史我就会难以抑制情绪，现在我决定努力让自己保持镇定。可面对镜头开始讲述时，我发现自己又哽咽了。我的嗓音嘶哑干涩，喉咙也开始难受起来。有几次我不得不望向窗外，看着快速掠过的景色，停顿片刻，整理思绪，为更客观的叙述筑起理性的堤坝，希望我不要因情绪失控而对媒体朋友们表露出任何的不尊重。

每个问题都让我重新坠入之前遭遇过的舆论风暴。有那么几个瞬间，我的恐惧症差点在镜头前发作。

采访结束后，我们默默地坐着，车厢陷入某种凝固的寂静。我盯着窗外，陷入了沉思。我知道在南京期间是应该铭记历史、反思日军侵华暴行、缅怀逝者的时刻。刚才的提问提醒着我此行不是观光，而是为人类记忆坐标系钉入一枚有历史刻度的钉子。

我们走出车站时，玻璃围栏后面已经聚集了一小群人。我低声对麦克斯说："直接带我去新闻发布会现场。先离开这儿吧。"

我在心里不停地告诉自己：千万要控制好自己的情绪。

到了新闻发布会现场，有人急切地问我："你此刻感觉如何？"

"感觉很不好，"我回答道，"数十万人死亡的重担压在我肩上。所以，我感觉并不好。但我很荣幸能来到这里，这也是我肩负的使命。今后的公祭日，只要条件允许，我会找机会重新来到这里。因为不经意间，我已成了那段历史的一个见证者。我在这里或许能引发更多人继续关注这个话题，能确保这段历史不被遗忘。这份使命太沉重了，我愿意背负它，而且以此为荣。"

随后我简述了自己要去的一些地方：侵华日军南京大屠杀遇难同胞纪念馆、侵华日军南京利济巷慰安所旧址陈列馆，以及南京抗日航空烈士纪念馆。我还计划参加一场纪念仪式，不过我没透露具体细节。鉴于我的特殊身份，有关部门担心我出现在大型活动中可能引发人们对历史事件的诸多情绪。对此我完全能够理解。我不想分散人们对纪念活动的注意力，也不想做任何可能引发紧张气氛的事情，要用克制的姿态守护记忆尊严，绝不让个人削弱集体哀思的庄重性。我只是想表达我的敬意，缅怀逝者。

发布会结束到达酒店后，我迅速办理好入住手续，简单吃了点东西。其间，摄制组给了我一个惊喜，他们带来了一个礼物——一套定制的中国传统服装。穿上之后，我在镜子前自我欣赏了一番。

"天哪，看起来真不错。"我说。

我们迅速拍了一段我展示这套服装的视频。我简单谈了谈南京的行程感受，然后就和大家道了晚安。我蜷缩在床上，用笔记本电脑播放电影，战争片的枪炮声反而衬得满室寂静，睡意迟迟不来。历史的重量压在心头，往昔的恐怖阴影化作一股暗流。

第二天，早上 7 点晨光初透我就醒了，换上一身崭新笔挺的黑色西装——参加纪念活动的着装，然后前往酒店大堂发表了一个简短的讲话。我打算把这个过程拍摄下来发布到 YouTube 上，因为这是一个至关重要的时刻，但我必须以最大的敬意来对待此事。每一个动作都必须一丝不苟地完成。我敏锐地意识到，哪怕说错一个字都可能给国际关系带来灾难。

我录制了一段简短的独白，向我的海外粉丝朋友们介绍当天在南京的安排。说着说着我便陷入沉思。我在中国度过了一段非常愉快的时光，中国人对我的礼遇规格以及无微不至的照顾让我无比感动和惊喜，这份荣光是大多数人连做梦都想不到的。然而，归根结底，我之所以能享有这一切，是因为其他人曾遭受了巨大的痛苦，甚至悲惨地死去。这样的对比很残酷，但在整个行程中，使命感一直挥之不去。我所能做的就是恪尽职责，扮演好命运赋予我的角色，铭记历史，让那些逝去的人遭受的苦难永远不会被遗忘。

录制完十分钟的独白后，我喝了一杯三倍浓缩咖啡，以免自己看起来昏昏欲睡，那漫过喉间的涩味，恰能抵消彻夜辗转的疲惫。记者们已在酒店外面的面包车里等着。我们首先要去参加一个庄严肃穆的纪念仪式。

日军对南京的侵略是从轰炸南京城外的桥梁开始的，他们切断了所有的逃生路线。当时的南京城外有一条环绕的水系，所以炸毁桥梁后，实际上整个城市形同封锁。日军在南京的暴行迅速传开，人们在试图逃离时陷入了恐慌。但随后日军通过不同渠道向中国方面表示，如果守军投降，将保障投降人员的安全。但中国守军不可能接受劝降，他们并未放下武器，在诸多阵地与日军展开了惨烈巷战。日军围捕了大批士兵和手无寸铁的平民——据估计有近 6 万人。他们被带出城，来到了我参加纪念仪式的地方。

日军把他们每数百人一组集中起来，开始进行惨绝人寰的大屠杀。屠杀从黄昏一直持续到黎明，现场简直如同人间地狱，腥热的血雾久久不散，残缺的尸体叠满了江滩。一开始，日军试图焚烧尸体，但燃料耗尽后，他们就直接把尸体扔进了江里。有报道称，江水都被鲜血染成了红色。端着刺刀的日军一具一具地检查尸体，搜索存活者，据说很多刺刀因反复突刺都弯折了，他们像野兽一样实施着酷刑。我站在那里，望着宽阔的江面，一阵寒意涌上心头。在亲眼看到这条大江之前，我还曾想，肯定有人能跳进江里游走吧。但这条江太宽了，而且当时的江水冰冷刺骨，根本无法逃生，俯瞰江面，那里似乎仍然沸腾着冤魂的控诉。

爬上一段陡峭的台阶后，我来到南京大屠杀死难者燕子矶丛葬地，向南京大屠杀死难者默哀、献花。大约三十余人肃立，其中有政府官员、军人和警察。现场没有人说话，仅剩呼吸可闻。我们站成队列，彼此交换着严肃的眼神。我走过列队的士兵身旁，虽然我们没有点头或打招呼，但从彼此交会的目光中，我能感觉到他们对我的到来怀有某种无声的谢意。

中华人民共和国国歌奏响，我们庄严肃立，接着是一段悼念大屠杀初期遇难者的讲话。我们一个接一个在纪念碑前献上白花。仪式在哀乐声中结束，我们静静地坐着，心情异常沉重。我的脑海中仿佛回荡着遇难者的尖叫声和机关枪的扫射声。那些被定格的声波，此刻穿透时空，在又一代人心里掀起新的风暴。

仪式结束后，人群散开，我被带到另一处纪念地，从那儿可以俯瞰长江。我和一位亲历者的孙女交谈了一番。她讲述了一个可怕的故事：她的祖父当年及时让家人上了一艘船，但在逃离过程中，其祖父被侧面射来的子弹击中，因伤势过重，在船上不幸去世。他牺牲了自己，让家人得以逃生。正因为他的最后一搏，他的家人才活到了今天。江风掠过她泛红的眼眶，我不知道该说些什么。任何言语安慰都显得苍白无力。我所能做的就是静默倾听、铭记她的故事，并感谢她向我倾诉。

我们回到车上，归程中记者们试图采访，但我却喉头哽咽，一时失语。抵达酒店后，我小睡了两个小时。醒来后，我开始为去下一站做准备。我原以为那叫飞虎队博物馆，然而，随行记者严肃提醒我，其准确名称并非"飞虎队博物馆"，而是"南京抗日航空烈士纪念馆"。我完全理解他们的苦心，纪念馆名称的每个字符都需镌刻在记忆里，如同在死难者抗争中发生的被代代相传的细节。

车队穿过南京城繁华的街市。我望着车窗外，陷入了沉思。平时我跟麦克斯有很多话可说，但此时我俩都默默地坐着。当我们到达南京抗日航空烈士纪念馆时，馆长和她的团队已在等我。这个纪念馆的展品引人入胜，里面陈列有二战时期的武器和车辆，而且保存完好。其中一个展区有一架轰炸机，你甚至可以走进去参观。展览有很多美国在战争期间援助中国的内容，这点我很感动。美国飞行员和带领他们的将军的雕像群让我深感震撼。我在雕像下方献上花束，并逐一向每尊雕像敬礼——这也是我向曾在美国军队服役的祖父表达的敬意。他曾是美国陆军上尉，在服役期间受了重伤，那些伤痛让他余生都不得安宁。

外面有一个大型的纪念场地，由象征胜利的"V"形纪念碑和三十座呈弧形排列的英烈碑组成，英烈碑上镌刻着每一位在抗击法西斯战斗中牺牲的航空烈士的英名。我逐一驻足碑前，在刻有美国人名的地方献上白花并敬礼。对于中国名字，我仅以花束凭吊，因为我觉得作为外来者，自己没有敬礼资格。当随行人员焦急示意行程进度时，我回答："他们不仅给了我们时间，还献出了他们的生命。我要用足够的时间来缅怀他们，这一切无法用分秒计量，这是他们应得的。"

凭吊结束时，一群小学生围拢过来请求和我合影。这是第一次，我婉拒了。"对不起，"我说，"今天的场合尤为庄重，实在抱歉。"

　　临行前，我又跟馆长聊了聊，并提出捐赠一些我最近获得的二战文物：一些照片、一封信和一把日本士兵的军刀。她非常高兴，我还承诺会帮纪念馆寻找更多的历史证据。

　　我们的下一站是拉贝旧居。约翰·拉贝先生曾在南京大屠杀期间建立了一个安全区，拯救了超过25万人的生命。他的事迹是二战中最引人入胜的故事之一。尽管他是一名纳粹党员，但他对日军的暴行深感震惊，甚至恳求希特勒进行干预，制止这场屠杀。后来，他因揭露日军在南京的疯狂暴行受到第三帝国的迫害，最终在柏林去世。他拯救了无数人的生命，但也因此毁了自己的生活。

　　在拉贝旧居，我对着镜头为我的美国社交媒体账号录制了一段简短的独白，然后参观了这所旧居。我们离开时，太阳正落山，残阳为建筑勾勒出金边。我告诉大家自己已濒临控制情绪的极限，需要回酒店休息——前夜辗转反侧的睡眠需要补偿。

　　那天晚上我睡得比前一晚要好。次日清晨，我再次穿上黑色西装，前往侵华日军南京大屠杀遇难同胞纪念馆。早上的撞钟仪式庄严而感人。在纪念馆内，导游给我解释了天花板上划过的流星的象征意义——每一颗流星代表一个逝去的生命。随后我们前往展示大屠杀证据的地下室。最令人痛心的是从"万人坑"中挖出的 100 多具遇难者遗骨，其中包括一个 9 岁女孩的，她的骨头里还插着钉子。

之后，我受邀在 100 多人面前朗读一段幸存者的日记节选。这是一个非常有意义的时刻，但我心中始终萦绕着一种愧疚感，那些以血泪书写的字句正在提醒：那么多人曾遭受过如此巨大的苦难，而我却能以"体验"为名继续自己的旅程。

最后一站是一座具有历史保护意义的场所，战时曾有"慰安妇"被关押在这里。刚踏进这里，我就感觉空气骤然凝滞。这座建筑本身似乎散发着难以名状的寒意，仿佛在这里发生的恐怖事件留下了不可磨灭的印记。这里的每个角落都弥漫着悲伤，让人心情沉重。展览详细描述了这些女性所承受的难以想象的痛苦。有几个故事让我印象深刻：一位女性被摧残的次数实在太多了，以致哭瞎了双眼，指节因抓挠墙壁永久变形。另一位女性留下了永远无法愈合的伤疤，无论是身体上的还是心灵上的，那前襟残留的干涸血迹依旧无声控诉着暴行。许多人感染了恶疾，导致过早离世，或者无法生育。

这里有一座雕像名为"流不尽的泪"，表现的是一个女人在不停地哭泣，泪痕在面颊上反复凝结、消融。按照惯例，人们会为她擦去眼泪，但无论你用多少纸巾擦拭，她的眼泪还是会不停地流出来。这是一个深刻的隐喻，象征着这些女性所承受的无尽折磨。

后来我们被带到顶层，有一个房间是被幸存者指认过的，她说这就是她曾被囚禁的地方。这个房间里有一种诡异的氛围，我总感觉有什么人——或者什么东西——在注视着我。这里还有一个阁楼，但楼梯被封住了。有人告诉我，那是通向最暴力、最黑暗的层级，关押"最不听话"的女性的地方，她们在那里会被殴打、强奸，而且很可能会被杀害。我不想看这个阁楼，也不敢看。

当暮色降临，我走出那栋建筑，试图让自己平静下来。麦克斯走过来陪我坐下，我们沉默了一会儿。风掠过建筑，发出某种类似呜咽的气流声。"那真是个难忘的地方，"我终于说道，"我很荣幸参观了这里，但是……那里仍然弥漫着过往暴行的气息，那些嵌在墙砖里的哭喊，那些被时间风干的血迹，我无法想象那里发生过多么恐怖的事情。"

到这一天结束的时候，我已经心力交瘁。有人邀请我去体验南京的夜生活，我婉拒了，选择回酒店休息。我需要时间来消化我所看到和感受到的一切。当我途经附近的一个公园，看着夕阳西下时，我回想那逝去的、无法体验到今日美好盛世的诸多生命，意识到铭记他们的故事是多么重要。

731：重返真相现场

过去的 48 小时里，我的情绪就像坐过山车一样起伏不定。

第二天，我们登上了前往天津的高铁。我取消了和一位记者的约定，心里有些愧疚，他原本打算带我领略南京城的烟火气，但我还是觉得现在不合适。我以后还会来，到时再好好体验明城墙的古朴与秦淮灯火。我不想在公祭日应对情绪上的巨大波动。

接下来的几天，我逐渐调整了心情，也偶尔拍些视频。我们参观了天津之眼——一座建在河上的巨大摩天轮，它像钢铁巨兽蛰伏于海河臂弯。那天非常冷，寒潮裹挟着水汽的咸涩气息，但天空晴朗，让人觉得室外的寒意尚能忍受，也将我连日来萦绕心头的阴霾吹散了几分。天津还有我在中国吃到的最好的西餐，比如比萨、牛排等。尽情享用之后，我意识到自己可能要长胖了。我们在天津参观了一家设计极具未来感的图书馆。书架高得不可思议，简直像个视觉迷宫。我请工作人员帮我找一本《了不起的盖茨比》，这是我最喜欢的书。没想到他们真找到了中文版的，我非常高兴。

接下来的一天，我们逛了一家大型购物中心，当时我看到有人牵着一只羊驼在里面漫步。慵懒的羊驼与周围的香奈儿广告屏形成超现实主义冲撞。

我问麦克斯："这儿有个动物园？"

我逐渐了解到，中国的购物中心跟美国的相比简直超前太多。这里什么都有——理发店、游戏厅、汽车专卖店，甚至还有虚拟现实体验中心。我和麦克斯玩了一款 VR 游戏，模拟探索一座废弃的地下城，游戏的逼真程度令人印象深刻。我们穿过模拟赛博朋克街区的游戏厅时，空气里飘浮着皮革沙发与现磨咖啡豆的混合气息。某家网红奶茶店甚至用机械臂调制饮品，制作奶茶的脆响与抓娃娃机的电子音效编织成消费主义的交响乐。

那天晚上回到酒店后，麦克斯又接到一个陌生号码的来电，她脸上的表情很快变得兴奋起来。"2025 年哈尔滨亚洲冬季运动会的主办方邀请你帮忙宣传这个盛会，并拍一些视频。"

"太棒了！我们什么时候出发？"我问道。

"明天。记得你之前说想体验零下 30℃ 的极寒？冰城正等着给你发体验卡呢。"

从北京到哈尔滨的火车行程接近 800 英里，用时超 6 个小时，此前我还从未在火车上待过这么长时间。

我们到达后，对接的团队手捧鲜花来迎接我们。现场有记者，也有亚冬会的一些工作人员，以及电影《731》制作团队的人员。接过一大束花后，我们听从电影《731》制作团队的安排前往酒店。之前与赵林山导演见面时，导演提及电影《731》要补拍一些内容，邀请我在这部电影中饰演一个角色，这个消息当时还处于严格保密状态。我觉得这部电影值得好好宣传。我 20 多岁时在电影行业受挫，演员梦曾被好莱坞的闭门羹浇熄，没想到历经人生的种种波折后，竟然能在这次中国之行中首次正式以演员的身份参演一部电影。这可真是机缘巧合，这个小小的首秀仿佛把我的过去、现在和未来神奇地连接在了一起。

在路上，我把头靠在冰冷的车窗上，体验着哈尔滨如同北极般的寒冷。在明尼苏达州，某些寒冷的夜晚，城市中会弥漫着一层似乎永无尽头的冰冻雾气，让人觉得寒意刺骨，仿佛连呼吸都会在睫毛上凝结成霜。在哈尔滨，我也看到了这样的雾气，就好像回到了家乡一般。

我用手机查了下，发现外面的气温已接近零下 20℃，而且晚上还会更冷。麦克斯就坐在我旁边，我们在大巴上都冻得直打哆嗦。"你肯定不喜欢明尼苏达州。"我说。"那里的冬天都像现在这么冷吗？"她问道。我望向窗外混沌的雾霭，答道："因为气候变化，所以很难说。那里经常下雪，大部分时候都和这里一样寒冷。"

抵达酒店后，我看到大堂里摆放着电影《731》的大幅宣传海报。我到房间更衣梳洗后，换上黑色的中式传统丝绸服装缓步下楼。当我走进餐厅时，整个空间瞬间安静下来，所有人的目光如聚光灯般投来。我抵达哈尔滨才两个小时，消息竟传得比松花江的寒流还快，大家对我的到来表现出极大的欢迎。

我和随行人员被带到长廊尽头的一个包间。二十几个人围坐在两张桌子旁——"主桌"和"次桌"是中式宴请的特殊座次礼仪，大家热情地把我让至主桌。

晚餐期间，有几位中国影星加入了我们，其中包括参与这部电影的演员。我一走进房间，赵林山导演就展开双臂热情地拥抱了我。我笑着接受了他的拥抱。趁着更多客人到来之前的间隙，我们简单聊了聊我要拍摄的戏份。

这场传统的哈尔滨宴席延续了整晚，多道佳肴依次上桌，我刚把盘子里的食物吃完，新的菜就又上来了。

在离开之前，侵华日军第七三一部队罪证陈列馆的馆长来了，我坐下来和他进行了一场对话。我原本就计划去参观陈列馆，出于学习目的，也是表达我的敬意。现在馆长提出要为我提供一次私人导览。他对我发布的视频和付出的努力印象深刻，我也同样有兴趣与他建立联系，以便更深入地进行历史研究。我很享受和他在一起的时光，我们还探讨了极端时势在塑造日本战争机器中所起的作用，这场对话更深化了我对战争暴行的认知，双方相谈甚欢。

第二天，我们坐上大巴前往侵华日军第七三一部队旧址。赵林山先生坚持在实地取景拍摄，我很欣赏他的做法，因为实景拍摄确实赋予影像不可替代的穿透力。当大巴驶入旧址时，那些小砖房和囚犯棚屋的废墟让我触目惊心。旧址中最高的建筑物是斑驳的烟囱。

"冒昧问一下，那……是焚尸炉的烟囱？"我紧张地问麦克斯。她缓缓点了点头。我叹了口气，心情沉重地望着窗外，看着这肃穆的场景。

我们到达后，麦克斯眼疾手快地把我的兜帽拉下来遮住头，还递给我一副太阳镜。"弯下腰。就当自己是空气。"她说。我们匆匆走进博物馆，趁着还没人认出我，快速来到了楼下的拍摄区域。我放下兜帽，摘下太阳镜，松了口气，终于能露出脸了。外面的房车很暖和，还备有食物，但麦克斯提醒我走动的时候要一直戴着兜帽。

我们走进一个休息室，里面摆放着各种水果，我边吃水果边和团队聊了大概 1 个小时，然后就被叫去化妆间了。化妆师很快就把我打扮得像是经历了炼狱一般，在我眼睛下面画了黑眼圈，还扑了粉让我的脸显得更憔悴。她问我能不能剪剪头发，我同意了，很庆幸剧组没让我剃光头。

在化妆间待了大概 30 分钟后，终于轮到我的戏份了。看着赵林山先生工作是一种荣幸。他现场调度非常精准，就像一位大师级的指挥家。我的戏份是被铐在一根管子上，当生锈的钢管硌着手腕时，我如同置身于几十年前的寒冬，恐惧啃噬着我。摄影师会从不同的角度进行拍摄，我要跪在地上好几个小时。拍这场戏我心里很紧张，但尽可能做到全身心地投入角色，每个细胞都在战栗，甚至胃部控制不住地痉挛，中间有一段因抑制不住而在镜头前惊恐地吐了出来。

终于，在到达片场 10 个小时后，拍摄结束了。我疲惫不堪，瘫坐在生锈的管子前，任由场务人员帮忙解开道具。林山先生给每个人都送了一束花，我为能在这部电影里饰演一个角色感到很荣幸。这是一部以真实历史事件为题材的电影，讲述了侵华日军 731 部队在中国东北所犯下的滔天罪行，通过小人物的视角，让大众看到战争年代的残酷和罪恶，以及抗争者不灭的人性之光。

哈尔滨：看见历史的背面

　　世界上有些地方承载着太过沉重的历史记忆。在那里，似乎连空气都凝滞成铅云，带着沉甸甸的重量；在那里，你似乎能感受到成千上万的亡灵在哭诉：站在 731 部队旧址里就是这种感觉。

　　在我踏上中国的土地之前，对 731 部队的了解只是一些零散的片段——它和二战时期的日本罪行有关，操纵着隐秘的人体实验室。但是西方很少有人谈论它，那些政客仿佛集体患上了选择性失忆症。它并没有出现在西方的教科书中，也没有出现在好莱坞的战争片里，没有一部类似《辛德勒的名单》这样的电影去呈现 731 部队的罪行。除非有人主动去了解，否则根本不会知道它，我原本也是如此，但命运似乎另有安排。

此时此刻，我站在731部队的旧址上。这里曾是日本人研发细菌武器的地方，却打着"防疫给水部"的幌子。听起来好像很有人道主义色彩，对吧？但事实并非如此。这里就是一座人间绞肉机，一个人为制造的悲惨炼狱。

成千上万的人在这里以"研究"的名义被折磨和杀害，这些不幸的人大多数是中国平民，包括男人、女人和孩子。他们被注射鼠疫、梅毒、霍乱病菌。四肢冻僵后被敲碎。器官在没有麻醉的情况下被摘除。有些受害者被活活解剖，只是为了观察人体在死亡过程中会发生什么变化。还有些人被关在高压舱里，直到眼球爆炸。有些人被烧死，有些人被饿死，有些人被暴露在高强度的辐射中。通过这些非人折磨得出的可怕结果和数据被工整地记录在报告中。人就像实验室里的小白鼠一样被随意处置。

曾管理这座人间地狱的人表面看起来不像杀人狂，实质却是披着精英外衣的刽子手，他们在日本是所谓受过高等教育的人，包括外科医生、教授、科研权威等。犯下如此滔天罪行的他们不仅逍遥法外，还受到了庇护。战争结束后，跟在纽伦堡接受审判的德国纳粹分子不同，731部队的施暴者没有受到审判，更令人战栗的是，他们竟然被美国悄然豁免了，以换取他们的研究成果。所有的惨剧，所有罄竹难书的罪行，都被掩盖起来，成了冷战中的筹码。

如今的陈列馆干净整洁，一片寂静。你能看到展出的生锈的工具——骨锯、镊子、金属注射器，锯齿间渗着铁锈与血渍的痕迹，注射器内壁凝结着暗褐色结晶，那是无数次活体实验残留的罪证。你能看到人们被折磨至死的房间，能读到他们的悲惨故事，能感知他们当时的绝望表情和悲惨的呼救声。

这可不是中世纪古老的恐怖故事。731部队如同奥斯维辛的毒气室一般可怖，这里曾培育出数百万只鼠疫载体。这是工业化的、有组织的、披着所谓科研外衣的战争罪行，是流水线般的系统性屠杀，而且一切就发生在被遮蔽的角落。

站在这里，我深刻地意识到，世界上有太多真实的历史未被镜头记录下来。731部队是人类文明道德基石上的一道裂痕，这个旧址如同中国近现代史的伤疤。这样的地方会迫使你去思考：当技术与道德分道扬镳，当科技沦为战争筹码，人究竟能堕落到何种地步？

成千上万的人遭受了难以言喻的暴行，主要是中国人，也有朝鲜人、苏联人，甚至还有一些盟军战俘。和南京大屠杀一样，大部分证据都被蓄意销毁、掩埋，湮没在历史长河中。然而，还是有少部分的资料留存了下来，足以证明这里曾经发生过多么可怕的事情，每份罪证都是打在人类良知上的烙印。

在我为这一天做准备时，考虑到我们要参观的地方氛围肃穆，并且结束后要召开一场新闻发布会，所以我想以最佳状态示人，特意换上了比较正式的衣着。当我们收拾行李时，即将见证沉重历史的重负压在我的心头——我们默默地登上了大巴车，车程很短，从酒店出发只需5分钟，当我们越来越靠近目的地时，空气中似乎有股焦土的气息，周围的环境也越发压抑。

"你觉得自己能承受得住吗？"麦克斯打破沉默问道。

我很感激她的关心。"这不是为了我自己，"我回答道，"而是为了这里发生过的事情。走进这里，见证这一切——这是我的使命。这是为了让正义和良善彰显，往大了说，对人类的历史也意义重大。"

大巴停下后，我看到赵林山先生和侵华日军第七三一部队罪证陈列馆的馆长并肩站在外面，他们将陪同我参观。一走进陈列馆，就看到满墙都是受害者的名字，密密麻麻，令人毛骨悚然，仿佛在提醒我们不要忘记那些逝去的生命。陈列馆馆长引领着我们，几十名记者和摄像人员随同参观，记录下我们走过的每一步。过往发生的罪行所带来的压迫感依然强烈，而日本至今拒绝道歉或正视这段历史，甚至用"历史修正主义"粉饰太平，所以我们宣扬历史真相，就是在守护人类最后的道德底线。

参观从介绍这个地方的历史徐徐展开——它是如何建立的，第一批囚犯是谁，以及最初的实验情况。很快就深入到了可怕的细节，有图表详细记录了囚犯们被故意感染的细菌和病毒名称，有图示标明了人体切口或注射的位置，还有每个受害者存活时间的记录。有些人只活了一两天，而有些人则忍受了数百天难以想象的痛苦。展品包括手术器械、生物危害防护服、照片，以及残忍地实施这些暴行的工作人员手写的笔记。如此确凿的证据就摆在众人眼前，令人脊背生寒。那些沾满血泪的展品如同沉默的控方证人，所有试图篡改记忆的想法都是妄念，历史事实不会给任何诡辩留存空间。

在参观展览的过程中，我努力保持镇定。有那么一刻，我察觉自己的脸上露出了愤怒的表情，意识到摄像机正对着我，赶紧试图掩饰，但心中的愤怒实在难以抑制，太阳穴突突地跳动。我握紧了拳头，低声嘟囔着，希望没人能听到。参观大约持续了一个半小时，到最后，我发现穿这双定制的鞋子是个错误的选择。新鞋的皮质如同铠甲，还没磨合好，我的脚后跟磨出了水疱，疼痛几乎和我所看到的沉重历史一样让人难以忍受。参观结束后，赵林山先生提议合影时，我仍强撑着对镜头摆出得体的姿势。我们在陈列馆前并肩而立，还在一些电影宣传海报前拍照留念。我在留言簿上郑重地签了名，写下了铭记历史、从历史最黑暗的时刻中吸取教训的重要性。

随后我们讨论了这次参观的意义，以及为寻求正义而持续进行的努力。据馆长估计，至少有四个对这些暴行负有责任的人还活着。但他们都没有受到应有的惩罚。这次谈话让我心中燃起了强烈的渴望，渴望正义得到伸张，但我也知道，这是一件复杂而艰难的事，但要求追责的呐喊不应该沉寂下去，越是文明的社会越要对暴行不断诘问。

后来，我们召开了一场有数十名记者参加的新闻发布会。我谈到了铭记这段悲惨的历史以及确保历史不再重演的重要性。之后，我们参观了目前保存下来的731部队旧址。穿行在刺骨的寒风中，馆长向我们介绍了战争结束时日本人是如何销毁罪证的，他们简直像末日焚书的狂徒。这些场景令人不寒而栗——销毁罪证后留下的弹坑、成堆的碎砖块，还有破旧的牢房，这一切都在提醒我们这里曾发生过多么可怕的惨剧。

随着夜幕降临，我们离开了陈列馆来到一家餐厅就餐，餐厅的老板送给我一枚罕见的徽章——20世纪70年代的共产主义工人徽章，这个举动让我热泪盈眶。这是一个充满真诚的温情时刻，让我想起了我在旅途中遇到的种种善意。后来在车里，我对麦克斯说："哈尔滨人真热情啊。"

她笑着回答："我们还要在这儿待一个星期呢。你要像拆礼物那样慢慢体会，这才刚刚开始。"

我很喜欢哈尔滨，因为这里和我的家乡一样，都以美丽的冰雪风光著称，都有着冰雕玉砌的童话基因。和杭州、上海等南方城市不同，这座位于中国东北部的城市有着独属于北国的特色：漫长的冬季、宽阔的街道、美丽的冰雪大世界……由于邻近俄罗斯，在哈尔滨的大街上能看到很多俄式风情的建筑，不少俄式面包房不断飘出黑麦的香气。当然，最值得夸赞的是这里的人非常热情。我还参观了龙塔，那是我去过的最高的建筑之一，也是亚洲最高的塔楼之一，从那里可以俯瞰哈尔滨全城和松花江，江水如一条碧色玉带蜿蜒而过，街道像琴弦在脚下延展。龙塔独特的设计形似一条腾飞的巨龙，将华夏图腾的磅礴气韵融进每寸钢筋铁骨，它的雄姿在冰雪里写下独特的北国诗行。

为了抵御刺骨的严寒，我把自己裹得严严实实，反复勒紧靴带才推门而出。亚冬会专车已经在外面静候，我们将前往亚冬会官方纪念品商店。我甫一进店，所有人都欢呼起来。

"大家好！"我大声说道，"我们得先去楼上拍一些素材，几分钟后我会下来和大家聊聊。"

结果这"几分钟"延宕成一个多小时。楼上也是群情沸腾，众人簇拥上前，和我合影、拥抱。我被引到2025年亚冬会的吉祥物"妮妮"和"滨滨"面前——两只卡通东北虎，分别穿着滑雪和滑冰的服装，憨态可掬。主办方递给我纸笔，请我作画。幸而我还算擅长画画，寥寥数笔便勾勒出它们两个的轮廓，这并不太难，卡通线条本就圆润讨喜，彩笔游走间给它们上色。经过 20 分钟挥洒，竟让这对冰雪精灵跃然纸上。

"大功告成。"我画完后在画上签下落款，然后和举着这幅画的亚冬会负责人合了影，快门声将此刻完美定格。

接下来，他们告诉我可以在店里挑选一些商品。当我看到有纪念币时，就有点失控了。我知道自己会把这些纪念币带回美国，因为硬币评级风潮正席卷大洋彼岸。在美国，硬币评级使用的是谢尔顿评级标准，按照 1—70 的分值评定。这个标准源于这样一种理念：一枚品相完美无瑕的便士硬币，其价值可达自身面值的 70 倍。最高的可能价值数百万美元。作为一名在美国钱币保证公司（NGC）里颇有声望的钱币收藏家，我送去评级的任何硬币都会附上我的签字——"当铺老板收藏"。我的粉丝们热衷于收藏由我认证的硬币，但这些纪念币不是拿来卖的，它们将成为我未来两年开设的友谊博物馆的展品。

随后我开始和店里的人群互动，跟他们合影，并分发亚冬会团队提供的礼物。多数礼物都是儿童主题的，我索性打开各种礼物的包装，逐一展示它们的设计，再送给兴高采烈的孩子们。

之后，我买了两张刮刮乐彩票，心想要是中了头奖那就太好了。在美国各州，刮刮乐是一种常见的征税方式，往往带有剥削性质。这么多年来，我买过很多次刮刮乐，可只中过几次奖，而且奖金少得可怜。但在这里，我刮开的第一张彩票就中了 30 元人民币，第二张也把本钱赢了回来，运气爆棚。一个小男孩想和我合影，我把中奖得到的 10 元钱塞到他手里。后来麦克斯告诉我，在中国，这样给小孩钱有点奇怪，但我只是想把我的好运也带给他，和他一起分享我的喜悦。

离开纪念品商店后，我们逛了逛热闹的哈尔滨夜市。尽管外面寒冷刺骨，但空气中弥漫着欢快的气氛，蒸腾的烟火气裹着冰糖葫芦的甜香。那时刚过圣诞节不久，虽然圣诞节在中国并非一个会盛大庆祝的节日，但那种氛围让我恍惚间与记忆中美国街头的流光重叠。行至半途，逐渐有人认出我来，热情地围拢过来跟我合影。穿越人群后我走进一家可爱的小饰品店，花了 50 元人民币买了一顶帽子，这可比在美国买划算太多了。要知道，同样的帽子在美国至少要卖 10 倍的价格。当晚一切都美极了，我头顶的星辰，跨越经纬照拂着两个大陆的寒冬。

过程中又有更多人跑过来跟我合影。一位女士递给我一个精美的罐子，里面装着中药，她解释说自己一整天都在这里守着，就是希望能见到我。这样的事我已经经历很多次了——人们会等上好几个小时，就为了有机会见我一面。这让我感到很愧疚，觉得自己何德何能，但看到他们眼眸里跃动的星光，我心里也很欢喜。

那天的晚餐是在一家高档的俄罗斯餐厅吃的，餐厅位于一栋老房子里，这栋房子在二战期间曾被日本军队占据。餐厅里装饰着精美的西方艺术品，餐厅老板出来和我合影，并告诉我她买下这处房产时，发现了一条未被探索过的地道，是二战时日本人挖的。这条地道竟通向街对面的一家医院。上报政府后，地道就被封起来了。我开玩笑地问他们有没有大锤，因为我一直对城市探险很着迷。

餐厅的食物非常美味，尤其是罗宋汤，是我喝过最好喝的，甜菜根与酸奶油的酸甜在舌尖炸开。

第二天早上，我们乘火车去了哈尔滨最北部的一个滑雪场，几周后亚冬会的一些赛事将在那里举办。"你会滑雪吗？"麦克斯问道。

我笑了："不会，我真是个不合格的明尼苏达人。我不会滑雪，不会滑冰，而且非常讨厌冰球。"

"那你会玩单板滑雪吗？"她追问道。

"我都说了我是个不合格的明尼苏达人，你还不明白吗？"我笑着回答。

一个半小时后，我们坐上了火车，看着窗外冰封的冻原飞驰而过。到达滑雪场时，我体验到了中国之行的最低气温——零下 22℃，加上风寒效应，体感温度接近零下 30℃。在滑雪场，他们给我配备了滑雪服、雪鞋和滑雪板，随后问我滑雪技术如何。我夸张地调侃了一番，说自己是"雪上凤凰"，还是"地表最强的滑雪者之一"。

亚冬会的工作人员没能领会我的幽默，他们都兴致勃勃地围过来观看。我的俏皮话在寒风中碎成一地冰碴，刚滑下斜坡还不到 5 米，我就一屁股摔倒在地。我又尝试了几次，在教练的指导下，总算成功滑下了斜坡。远处观看的人群爆发出掌声，倒让我生出雪上冠军的错觉。

返程的火车很豪华，整个旅途长达三个小时。

回到哈尔滨后，我们洗漱了一番，然后前往餐厅。

晚餐非常丰盛，我和桌上的几位手表爱好者聊得很投机。其间，中国亚冬会冰壶队的一名队员走过来，把他的队服送给我作为纪念。我想留他多聊一会儿，但可能因为语言隔阂，他看起来有些紧张——我发现很多人见到我时都会有这样的反应，这让我觉得他们不仅很谦逊，也很有趣。

在我还没来哈尔滨的时候，就已经听好几个人提起冰雪大世界的梦幻景观，现在置身此地，当然要大饱眼福。我们收拾好行李，在赶飞机前先去了哈尔滨国际冰雪节。

我没想到自己会被冰雕震撼得说不出话来。我经历过明尼苏达州的冬天，见过冰暴，见过冰封的湖泊，见过堆积如山、被汽车尾气熏黑的积雪。但是哈尔滨呢？哈尔滨把冬天变成了冰雪构筑的圣殿，这里的人们发挥自己的想象力，运用自己的智慧创造了一种独属于冰雪的艺术形式，如同凡人用无数个寒夜向极光借来的幻梦。当我走进一座高度超过15米、闪闪发光、完全由冰雕成的大教堂时，不由得惊叹中国人的创造力。在灯光的辉映下，这座大教堂就像拉斯维加斯的迷幻梦境，它被雕刻得如此精细，置身其中，仿佛身处冬神与人类共同绘制的卷轴中央。冰雕在霓虹中流转着虹彩，从松花江采来的寒冰被雕琢成飞檐斗拱，连路灯都裹着晶莹的冰雪外衣。

哈尔滨国际冰雪节可不只是个普通的嘉年华。确切地说，它是一个由冰雪铸造的梦幻帝国，看起来就像《纳尼亚传奇》和《银翼杀手》的结合。你眼前所见的一切——宝塔、塔楼、宫殿、桥梁——所有这些都是用冰块雕刻而成的，内部用 LED 灯照亮，灯光闪烁变幻，冰雪仿佛在这一刻拥有了生命。

哈尔滨的能工巧匠们直接从附近的松花江切割冰块——巨大的透明冰块，看起来就像来自另一个维度的玻璃——然后进行雕刻。雕刻的可不是弄几个长着胡萝卜鼻子的雪人，而是跟实物大小一样的城堡、神话中的人以及各种神兽、中国古代建筑，甚至还有国际地标建筑的复制品，比如埃菲尔铁塔、罗马斗兽场、克里姆林宫等。虽然这一切都只是短暂的存在，人们建造这个冰雪王国之初就知道它最终会融化，但他们还是乐此不疲地为之投入心血，就如同明知春汛将至，仍执意为转瞬即逝的美举行加冕礼。这才是真正触动我的地方。世事无常，谁都无法预测未来，那就好好活在当下，哪怕只是很短暂的快乐也值得为之努力。

晚上走在冰雪大世界里面，你呼出的气会立刻结成冰晶，如果你眨眼太慢，睫毛都会冻在一起。寒意穿透一切，但没人在乎。孩子们在嬉笑玩闹，情侣们在拍照留念，小贩们在卖烤红薯和糖葫芦，人们尽情享受着冰雪带来的美妙体验。

哈尔滨位于中国东北，离俄罗斯不远，这里的建筑风格也体现了这一点。你能看到东正教的圆顶、斯大林风格的建筑、中国的庙宇，还有霓虹灯装饰的龙，它们和谐共存，仿佛一切都理所当然。这种融合把不同文明的基因编在一起，让人感受到这座城市的包容性与开放程度。

对我来说，哈尔滨国际冰雪节不仅是一个供人们在冬天游玩的节日，它还让我心生敬畏。它让我看到了中国人的艺术创造力，冰雕简直是匠人在零下30℃刻下的情书，还有雕刻在哈尔滨人骨子里的乐观、坚韧、不畏艰难，纵使身处寒冷的冰天雪地，依然能乐在其中，尽情享受大自然赋予的馈赠。

被灯光照亮的精美雕刻，也许在清晨时分的第一缕阳光到来之际便会消融，但正因如此，它才显得更加真实、更加动人。这转瞬即逝的美，恰是哈尔滨献给世界的终极浪漫。

时间过得飞快，当我还沉醉于哈尔滨的冰雪世界中时，却不得不离开。在万米高空中回顾在这里经历的一切，我好像做了一场梦，但我知道总有一天我还会回来的，这是个值得一去再去的地方，谢谢哈尔滨人，如此热情款待我这个初来乍到的朋友。

春晚故事

烟火武汉：长江、黄鹤楼、热干面

　　我们再次回到了天津，这个距离北京只有半小时高铁车程的直辖市。天津的河道众多，暮色初临时分，我总爱沿河边跑步。当我在不到 2℃ 的天气里穿着短裤和长袖 T 恤飞奔而过时，当地人都盯着我看。不过跟那些光着膀子、不顾寒冷直接跳进水里的大爷比起来，我这根本不算什么。

　　12 月 30 日下午，我先去跑了会儿步，然后回到酒店，去了当地的一家比萨店。这家店的比萨是我吃过最好吃的，这方寸之地顷刻晋升为我味蕾的朝圣地。当天晚上 10 点左右，我又出去散了会儿步，然后给家里打了个电话，跟爸妈讲了讲我最近的经历。我妈妈几乎不会用电子邮件，我爸爸更是夸张，连电脑怎么打开都不知道。

我爸妈从来没离开过美国，几十年来甚至都没离开过明尼苏达州，所以给他们描述中国的情况有一种超现实的感觉。他们听得目瞪口呆，这里的科技发展速度让他们惊讶不已。我试着用外卖软件召唤无人机作例子，解释这个国家如何成为数字基建"大神"。以前他们只能通过美国的媒体滤网渗漏的碎片了解中国，给他们讲述这些超越他们认知维度的中国故事，需要给他们足够的时间去消化。

想着要跨年，新年新气象，我决定理个发。上次给我理发的那位哈尔滨发型师跟我打了招呼，他显得小心翼翼，生怕出什么差错。我跟他保证，我不会像布兰妮·斯皮尔斯那样，在他的理发椅上情绪崩溃。他没搞懂我这个比喻，但听到了"布兰妮"这几个字，大体接住了这个跨越太平洋的梗。这次，他甚至还帮我刮了脸。我很紧张，担心打个喷嚏就会让自己破相，不过结果却出奇放松。这是我这辈子耗时最长的一次理发，足足一个半小时，但他手艺精湛，剪出来的效果非常好。

我换上新买的衣服——价格经济实惠又舒适时尚，跟着麦克斯一行人去吃跨年饭。这是我第一次在中国跨年，温暖、感动、兴奋，百感交集。我开始放飞自我，跟着大家一起跳舞，享受着欢乐轻松的跨年氛围，把过去的一切烦恼都抛之脑后，准备好迎接崭新的充满期待的一年。

在回酒店的路上，麦克斯转头问我："这个新年过得好吗？"

我笑了。"简直不要太好！这是我记忆中过得最棒的一个新年了。"

"新年快乐。"她说。

"新年快乐。"我回应道。2025 年已经开始了，我有一种预感，这将会是令人难忘的一年。

生平第一次，我感觉自己的生活终于要步入正轨了。想起初到中国的时候，我没打算待很久，没想到这一待已经快两个月了，更没想到自己会在这里经历如此多难忘的人与事，也开启了我的第二人生。经历了那么多的艰难困苦和挣扎后，我终于找到了些许慰藉，也找到了生活的目标。有了这个目标，那种好似在波涛汹涌的大海上漂泊的日子结束了，我终于有了一种稳定感。我的船没有沉没，我成功穿越了德雷克海峡，驶入了平静的水域，阳光也终于穿透了阴霾洒落下来。

站在当下，我不禁心生敬畏。20多岁的时候，无数个夜晚我在黑暗中独自奔跑，并常常对自己说："也许有一天，回首往事时我会付之一笑。也许有一天，生活不再如此混乱不堪。"原来所有的艰辛险阻，都是命运在为这场跨越大洋的相遇埋下伏笔。我从未想过事情会发展成如今这般模样，这比电影、小说里的情节还要神奇。

新年过后不久，我收到了去武汉的邀请。

据说在那里有一个大惊喜等着我。第二天周六，晚上我们从天津乘飞机出发，抵达武汉时已经很晚了。

武汉话听起来很特别。我扭头对麦克斯说："不会吧，这武汉话是装了机关枪吗？语速这么快？"她笑得差点背过气去，觉得很好玩儿。我的普通话听力水平在不断提高，能捕捉到含有"黄鹤楼"与"热干面"等词的只言片语，但口语进步不大。武汉方言的语速极快，我连一个字都听不懂。我还在努力琢磨一个词的意思时，又有20多个词从耳边飞速闪过了。

第二天，我大约下午1点才醒来，准备接受武汉媒体以及2025年中国春节联欢晚会几位工作人员的采访。我仍然不太清楚"春晚"是怎么一回事，总联想到纽约时代广场的盛大仪式，但所有人都一直跟我说这是件大事。我们下楼来到酒店的后院，他们已为我准备好餐食。我正吃着，有人告诉我："马上就要有好事发生了。"

我继续大口地吸溜着面条，这时，一位年轻的女士带着摄制组走了过来，手里拿着一个红包。"打扰一下，埃文，我有东西要给你。"她说。

我放下筷子，接过了红包，面条还挂在嘴边。里面是一张 2025 年中国春节联欢晚会的邀请函。

麦克斯解释说："你根本不知道这事儿有多大。会有超过 10 亿人在电视上看到你。"

我惊得筷子都掉了："10 亿？是那个英文单词'billion'的 10 亿吗？"

她点了点头："这是中国的最高荣誉之一。你是首位登上这个舞台的美国观众。这足以说明这份礼遇是多么重大。"

那个周一要拍摄的内容很多。当天的拍摄开始前，我有机会试驾一辆中国产的厢式货车。这是我第一次开中国车，所以非常兴奋，如同拆开圣诞礼物般雀跃。这辆厢式货车看起来很昂贵，有着时尚流畅、充满未来感的设计，豪华的皮质座椅，还有强劲的电动加速性能，我险些以为自己误入某个科幻片场。我把它开出了跑车的速度，甚至还试了试它的全自动驾驶模式，它的座椅爆发出猎豹般的推背感，让我着迷不已。作为自动驾驶汽车的支持者，它操控起来的流畅程度给我留下了深刻的印象。

我心里想，如果以后我经常在中国开车，或许我会更多尝试自动驾驶模式。值得一提的是，我在中国的这段时间里，竟然一次车祸都没看到。这辆厢式货车证明了中国的汽车技术已经非常先进——先进到我不禁纳闷，为什么这些车不在美国销售呢？它们肯定能一夜之间占领美国市场。

我们在武汉四处游览，第一站是历史悠久的黄鹤楼。黄鹤楼坐落在武汉市的蛇山之巅，是中国颇具标志性且被无数文人墨客镌刻进诗行的江南名楼，它被尊为文化地标。这座古老的楼阁历经多次损毁与重建，每一次重建都为它增添了更多的传奇色彩。尽管现在的黄鹤楼是 1985 年重建的，但它的历史跨越了 1700 多年，与传说、战争、文化以及不断变迁的时代潮流交织在一起。刻在梁柱间的战火与墨香，仍随着登临者的脚步在楼道里盘旋。

据说，黄鹤楼最初建于公元 223 年的三国时期，由孙权下令建造，他的本意是在长江上建立一个战略瞭望点。后来的历史证明，它不仅在军事上极具价值，而且也有重要的象征意义——它地处连接中国南北的重要通道，后来更是成为一个精神地标，数百年来激励了无数的艺术家、学者和诗人。

与黄鹤楼相关的传说很多，其中经久不衰的莫过于道士驾鹤飞升的故事。相传，一位道士曾骑着一只黄鹤飞到山顶，然后消失在天空中，留下一道金色的光芒。据说黄鹤楼就是为了纪念他而建造的。从那以后，黄鹤就象征着超凡脱俗的信使，以及凡人与仙人世界之间的桥梁。据说，诗人崔颢曾在公元 8 世纪时登临黄鹤楼，临风慨然，写出了千古名篇《黄鹤楼》。这首诗引无数文人墨客竞相唱和，后来成为中国文学中被引用最多的作品之一。

这首诗以及其他传诵千载的诗行，巩固了黄鹤楼在中国文化中的地位。中国最伟大的诗人之一李白也为黄鹤楼流芳千古做出了贡献，在《黄鹤楼送孟浩然之广陵》一诗中，他站在黄鹤楼的高处为友人的离去而感慨万千。与诗词的渊源，不仅使得黄鹤楼成为武汉的必游之地，也吸引了众多文学和哲学爱好者前来朝圣，在此仰望云天，俯听江涛。

在漫长的岁月里，黄鹤楼因战争和天灾等原因多次被毁又重建。如今巍然矗立的黄鹤楼，是按照清代的传统风格建造的，有着舒展的飞檐和鲜艳的黄色琉璃瓦，既采用了现代材料，又忠实保留了历史的美学风格，这种精心设计无疑是对其历史的致敬。黄鹤楼高 51.4 米，站在楼上可以俯瞰长江全景。如今，它不仅是超越物理形态的文明图腾，更是历史记忆的载体。

在黄鹤楼内部，游客可以参观各种展览，了解黄鹤楼的历史、它在艺术作品中的呈现，以及它与中国哲学思想的联系。从古代的书法作品到令人惊叹的当代壁画，黄鹤楼的影迹随处可见，简直是贯通古今的文明枢纽。

在快速现代化的中国，黄鹤楼依然提醒着人们，这个国家拥有深厚的历史根基——它如同一座灯塔，矗立在现代的华章之上，书写着最动人的东方叙事。

伫立黄鹤楼前，我惊叹于它那层层叠叠的飞檐，仿佛将千年时光折叠成通天云梯。下面的庭院同样令人叹为观止——这是一座受保护的历史园林，美丽又宁静。在拍摄间隙，我四处闲逛，沉浸在历史的氛围中，欣赏着周围的景色。一只漂亮的流浪猫吸引了我的目光，它歪头打量我的模样，让我忍不住想带它回家。我是个爱猫之人，花了太多时间抚摸、拥抱这只流浪猫，这让我的随行人员觉得既有趣又有点无奈。我甚至想过："管他呢，我们给它安个家吧。"当然了，最终还是理智战胜了私心。

在黄鹤楼拍摄了几个小时后，我们循着烟火气前往一个热闹的市场，品尝武汉著名的街头美食。我们一家摊位接一家摊位地逛，每样都尝一点——饺子、瓦罐里的龙骨，还有一种像我在北京吃的那种灌汤蟹黄饺，以及天津风味的甜煎饼，自从在天津尝过之后，我就无法抗拒它的诱惑了。我狼吞虎咽地吃着街头小吃，味蕾变成探矿雷达，在百米长的美食丛林里精准定位，然后才在一家餐馆里坐下来，品尝著名的武汉热干面。实在是太好吃了，我把一碗面吃得一干二净，还觉得不过瘾。果真地道的好味道，就藏在街头巷尾此起彼伏的吆喝声中，藏在食客们嘴角沾着油星的笑容里。

下午稍晚的时候，我们前往黄鹤楼对岸的一家酒店，春晚节目组已经在那里安排了摄制组和无人机，录制为春节而点亮的船队。当时船只正在江面上进行巡游彩排，场面十分壮观。无人机群如星河倾泻，灯光在水面上闪烁，光芒直入云霄，黄鹤楼在灯光的映衬下更加美轮美奂，带给现场的观众一场绝美的视觉盛宴。

后来，我们乘电梯来到黄鹤楼楼顶，观看了一次彩排。江风裹挟着雷鸣般的鼓点扑面而来，我在江对岸都能听到。2008 年的北京奥运会上，中国以整齐划一的击缶表演向全世界展示了风采；如今看到中国表演者们整齐击鼓的场景，我心中既充满敬畏又满怀尊重。我站在那里，看得入了迷，甚至鼓起了掌，不过因为还在拍摄，我很快就被嘘声制止了。之后，我们在黄鹤楼底部一个具有重要历史保护意义的瓷砖图案前拍摄了结尾视频，再恋恋不舍地返回酒店。

那天晚上拍摄结束后回到酒店，我点了些吃的，试图放松一下，但怎么也睡不着。第二天早上，我决定放弃休息，再去长跑一次，反正我本来也打算早点起床的。我一直都早起观看明尼苏达维京人队的美式橄榄球比赛，而他们本赛季最重要的一场比赛即将开始。维京人队可谓战绩惊人——14 胜 2 负，而且他们输掉的两场比赛偏巧都撞上我的拍摄行程。出于时差的原因，这场周一晚上 7 点的比赛，在中国是早上 9 点开始。我决定先去晨跑，然后强打精神坚持看完比赛。维京人队的进攻锋线可不会等人，就像密西西比河不会为任何人改道。

到了早上 9 点，我的拍摄团队扛着器材鱼贯而入，开始拍摄我观看比赛的场景。美式橄榄球是我最喜欢的运动，早已融入我的血脉，我一直希望美国国家橄榄球联盟（NFL）能把业务拓展到中国，每个赛季至少在中国举办一场比赛。近年来，NFL 已经在欧洲举办过比赛，先是在英国，后来又扩展到了德国。我很希望看到我家乡的球队——明尼苏达维京人队——成为第一支在中国比赛的队伍。

这场比赛至关重要，我很兴奋，但明尼苏达的体育队伍——不只是维京人队——向来有在关键时刻掉链子的臭名。我的祖母是个铁杆球迷，是她带我了解了维京人队，还教我关于二战的知识。在 1999 年对阵亚特兰大猎鹰队的比赛中，踢球手在加时赛中错失了一个关键的射门得分机会，导致球队无缘超级碗。我永远不会忘记当时祖母心碎的样子。

维京人队从未赢得过超级碗冠军，我曾经希望他们今年能够夺冠。但随着比赛的进行，我清楚地意识到这是不可能的了。他们的对手是洛杉矶公羊队，这是本赛季早些时候击败过他们的两支球队之一，而这场比赛完全是一边倒的局面。

到了上午 10 点半，比赛的结果已经很明显了。然而此时我感觉身体很不舒服，脸色比输球的维京人还难看。可我们接下来还有一整天的拍摄任务，我只得强打起精神。

我跟着麦克斯去体验了武汉的空中缆车，玻璃轿厢载着阳光攀升时，两岸的楼宇如积木般渐次展开。落地后，我们去了一个热闹的市场，拍摄我探索春节礼品和小饰品的场景。我刚被认出来，人潮就汹涌而来。我不想让任何人失望，所以强挤出一丝笑容，尽可能多地和大家合影，不过数量还是比平时少了很多。

等我们离开的时候，我几乎快撑不住了。"请带我离开这儿。"我小声对麦克斯说。幸运的是，车就在附近等着，我后背的冷汗浸透衣衫，还好合影者未察觉我病得有多严重。

幸好这场病来得快，好得也快，恰似武汉冬日的寒潮过境。

毫无疑问，那天是我中国之行中最难挨的一天，看来劳逸结合才是解决之道。尽管身体还有些疲惫和不适，我醒来时却是满心欢喜，因为接下来我将经历我这次旅行中最激动人心的时刻。

中国制造：
感受科技的魅力

　　中国某知名汽车集团邀请我试驾他们的全新民用 SUV。作为一个汽车爱好者，几天前试驾那辆厢式货车就已经让我很开心了，但这次的体验特别好——在封闭赛道上试驾中国生产的一款令人梦寐以求的豪华 SUV。

　　这家汽车集团是一家雄心勃勃的汽车制造商，凭借生产坚固耐用的军工风格汽车迅速崭露头角。他们最新款的车型既是对公司历史的致敬，也是美国悍马的直接竞争对手。这款车型基于一款军用车型打造，既是一款豪华 SUV，又具备强大的越野能力。当我抵达他们的工厂，看到这个庞然大物时，我肾上腺素瞬间飙升，不禁脱口而出："哇，这家伙太牛了。"

就我个人而言，我一直钟情于跑车——那些欧洲产、速度快、保养成本高且价格昂贵的双门跑车和敞篷车，比如法拉利和兰博基尼。

而豪华 SUV 总让我提不起兴致。似乎每家汽车厂商都在跟风推出豪华 SUV，虽然我有幸开过几款，但它们从未真正让我心动，直到我看到这款车时，心想，这就像一辆路虎揽胜，但它如同披着铠甲的机械猛兽，多漂亮的一辆车啊。

这款车型棱角分明且线条流畅，其设计明显得益于该公司中国军工的背景。车门把手的形状如同手枪握把，当你打开车门时，会发出子弹上膛的声音。这款车的内饰豪华又舒适，四周的玻璃面板提供了极佳的视野，而且功能多得数数不清。价格也非常诱人——买一辆类似的路虎车得花上双倍的价钱。知道它最令人心动的一点是什么吗？是它在美国买不到，这意味着此次是我能够驾驶它的唯一机会。

工厂的负责人带我参观了他们的一系列最新车型，全都是刚刚推向市场的。这款车型首批仅生产了 2000 辆，在我看来是一件难得的收藏品。能保值的收藏级 SUV 并不多见，但如果有哪款车能做到，就非它莫属了。我们前往封闭赛道，一个由各种地形构成的迷宫，旨在将车辆的性能发挥到极致。赛道中有一条平坦的柏油路用于测试车辆的速度、转弯和操控性能；还有一座高度超过 15 米的小山、一个布满大石头的障碍赛道和用于展示车辆越野能力的陡峭斜坡；甚至还有一个深约 1 米的微型池塘，用于测试车辆的涉水性能。赛道驾驶员先坐上驾驶座，向我介绍这款车。

"你听说过'蟹行模式'吗？"他问道。

"没有，"我回答，"那是什么？"

他解释说，这是某些美国 SUV 具备的功能，能让汽车以一定的倾斜角度保持直线前进。我记得在明尼苏达维京人队比赛期间看到过通用汽车的广告，广告里的汽车看起来像是在侧着行驶。我当时还以为那是摄像技巧，没想到真有这种功能。当驾驶员演示时，汽车以 45 度角倾斜，同时保持直线前进，有一种超现实、仿佛飘浮的感觉，就像螃蟹走路一样。

"这挺酷的，"我说，"但在路上不能这么开。"

"这是为了停车用的。"他解释道。

我笑了笑，说："不会停车的人压根儿就不该有车。"

这是一辆混合动力汽车，兼具电动和燃油两种动力模式。等大家都系好安全带后，驾驶员猛踩油门，我们像离弦之箭一样冲了出去，速度比我开过的大多数跑车都要快。当我们以极快的速度冲向一面墙时，我喃喃自语道："哦，天哪！哦，天哪！"但汽车瞬间稳稳地刹住了，且没有发出尖锐的刹车声。

"哇！"我惊叹道，"太厉害了。"

他迅速将车掉头，重复了一遍刚才的操作，然后带着我们以45度角冲上了那座小山。感觉我们一下子以违背物理常识的姿态冲向了天空，然后又迅速地俯冲下来。我飙升的肾上腺素与诡异的安心感在胸腔撕扯，虽然觉得我们处于危险之中，但在这样一辆车里，危险似乎也变得无关紧要了。我开玩笑地问起这辆车的碰撞测试评级，驾驶员笑了。

"要是有人撞到你，那肯定是他的问题。"他说。

接下来，我们挑战了巨石赛道，轻松地从岩石上驶过，车身没有留下一丝刮痕，然后又涉水通过了约1米深的水域。"我们简直就像在乘船游览。"我打趣道。驾驶员一直在介绍车的各种功能，但我终于忍不住打断了他。

"能不能让我试试这辆车啊？"他把车停到一边，我们交换了座位。他刚开始给我讲解控制装置，我就把车挂到前进挡，说道："系好安全带。"说完，我就一脚把油门踩到了底。

我决定把这辆车的性能发挥到极致，心想，这玩意儿很安全，看看我能不能把它玩起来！我朝着砖墙加速冲过去，超过了驾驶员之前的速度，然后猛地刹车。

接着我又猛踩油门，驶上赛道的环形部分，急速通过急转弯。尽管车身庞大，这款车型的操控性能却好得超乎想象，最小转弯半径竟然才5米多一点。轮胎甚至都没有发出刺耳的摩擦声。麦克斯在后排紧张地提醒道："埃文，开慢点！"

"哦，我们没事的。"我开玩笑说，"看到了吧？我就说我开车技术强。"我又风驰电掣地转了一圈，然后在工厂负责人面前稳稳地停了下来。我跳下车说："哇，这车太棒了。我真想拥有一辆！"

在对所有人表示感谢后，我们离开汽车集团，穿城而过，去体验一辆完全自动驾驶的公交车。

作为自动驾驶技术的支持者，我很高兴看到自动驾驶汽车在中国越来越普及。在乘车过程中，我走到驾驶座旁边跟司机开玩笑说："你这份工作肯定是世界上最轻松的——只需要坐在这儿，确保这台机器不会失控把我们都害死就行了。"幸好他听不懂英语。看着公交车在城市中行驶，我心想，这比大多数人类司机开得都好——至少比我认识的大多数明尼苏达州的司机强。

坐完公交车后，我们前往机场。飞机上好些人认出了我，我热情地跟他们打招呼、交流，还跟一个小孩分享了音乐。

第二天，我在自己的床上醒来，完全不记得是怎么回到房间的。万幸的是，我没做什么太丢脸的事——只是在坐满乘客的飞机上显得有点太吵了。

"埃文，你昨天在飞机上对每个人都特别热情，还是稍微收敛一点比较好。"麦克斯说。

"别担心，下次改善。"我回答，"本周的日程安排是什么？"

"我们会很忙，很忙，很忙。"她说，"做好准备，因为有很多工作要在这次旅行剩余的时间内完成。关于这次春晚——你根本不知道要做多少准备工作。"我当时还天真地以为春晚能有多大规模，放平心态就好，但我很快就明白了。

蛇年之约：除夕夜的温暖与感动

　　整个 1 月份，我都在天津和北京之间乘坐高铁来回奔波。

　　某一天晚上，我出去散步时陷入了沉思，不知不觉竟一直走到离酒店约 4 英里远的地方。我平时都是沿着河边散步，但这次在天津一家酒店住，结果信马由缰地走进了陌生的街巷。我喜欢中国的一点就是在这里感觉非常安全。在明尼阿波利斯，如果不带上枪，我绝不敢在深夜出去散步——纵使我有持枪许可证，但不到万不得已绝不会开枪。虽然我人高马大，但夜晚独自散步也可能会有危险，在枪支泛滥的街区同样形同活靶。但在中国，我却感到无比安心。这份无须防备的自由，恰是文明社会最珍贵的刻度。

就在闲逛时，我突然发现自己身处一片陌生的环境之中。这时，三条流浪狗出现了，它们在午夜的街道上欢快地奔跑着。跑近后开始围着我转，开心地汪汪叫着，随后蹲了下来，摇着尾巴，直直地盯着我。

"你们知道酒店在哪里吗？"我开玩笑地问道。其中一条狗看了看同伴，轻轻叫了一声，三条狗便迅速跑开了。"直觉告诉我，可不能跟着你们。"我喃喃自语。

我看了看手机——只剩20%的电量了。我在导航应用里输入了酒店的名字，循着虚拟箭头在迷宫般的胡同里漫步，走了一个多小时后，我终于认出了周围熟悉的环境，平安到达了住的地方。

这个月的第二个星期天，我们早早起床，赶去搭乘前往北京的列车。

抵达中央广播电视总台的大楼后，那里已经聚集了很多媒体，他们扛着"长枪短炮"不停地拍照，试图看清楚都有谁来参加春晚。我第一次进入大楼时，为了确保我的身份不会暴露，坐的是一辆车窗被涂黑的车。第一次排练时，我一直戴着兜帽，还戴着墨镜。大楼的安保措施非常严密——多次检查护照、使用金属探测器，堪称特工行动。有障碍物能遮挡着我，不让别人看到。我被带到电视台咖啡厅的一个隐蔽角落，在那里接受了几次采访，可我依然不清楚自己参加的这个活动规模究竟有多大。

有一次，我采访了一个同样参加春晚的小男孩。我们聊了聊体育和学校这类常见的话题。虽然他的英语不是很流利，但交流起来完全没有问题。我和他的妈妈也寒暄了几句，她不会说英语，但态度非常热情友好。拍完照后，我们便在那里等着。

几个小时过去了，我喝着咖啡、啃着三明治打发时间，直到下午 3 点左右，我才被带到楼下观看表演。

彩排的声浪在演播厅里轰鸣，大部分节目用的都是普通话，不过我也能听懂一些片段。某一个喜剧小品包袱落地时，观众席的笑声如潮水漫过。还有 30 个穿着萌态可掬的水果服饰的孩子表演了歌舞，他们头套上的绒毛在追光灯里抖落细碎金粉。接着是中国科技成果展示——真人大小的机器人欢快地跳舞，与电子音浪撞出赛博朋克的节奏。随后就是更多的联排，包括一个以冰雪为主题的节目，表演者是一群来自中国较寒冷地区的孩子。

6 个小时过去了，我把麦克斯拉到一边问道："如果我只是来观看节目，彩排是全程参加吗？"

她笑了。"你还不明白。这是为了看看你是否能融入其中。他们很高兴你能来参加。你参与春晚彩排的消息已经在社交媒体上上热搜了。这是中国最盛大的活动，导演组正在考虑把你从观众变为春晚的演员。哦，对了，《晚间新闻》还拍到了你的镜头。这可是件大事！"

"《晚间新闻》？"我有些不解地问。

"是的，这是国民级的新闻节目。美国没有这种全民收看的黄金档新闻节目吗？"

"有是有，但只有老一辈的人才看。"我回答道。

"嗯，在中国，这可是很重要的节目。我一直梦想着能上这个节目，可惜没这个机会。"

"不过没关系。"麦克斯说，我能看出她很失望，"我们还是把注意力放在你身上吧。你就要上《晚间新闻》了，而且很有可能会上春晚。这太棒了。"

我一共参与了五次彩排，而且一次比一次严格。第二次彩排的前两天，我收到了一份节目台本，一半是英文，一半是中文。

"这是在开玩笑吧？"我问麦克斯，"他们觉得我能在两天内把这个搞定？"

"赶紧开始练习吧。"她耸了耸肩说道。

我努力去记台本，但不管读了多少遍，还是一直出错。英文部分还好，但中文部分对我来说太难了。我问麦克斯能不能用提词卡。

"绝对不行。"

第二次彩排时，为了避开媒体，我还是戴着兜帽去的。大楼里一片繁忙景象——到处都是化妆师、发型师、摄像人员和各路名人。观众席里我是唯一的西方面孔，虽然大家都很友好，但我还是觉得自己有些格格不入。麦克斯提醒我这是件好事——以前这种活动是不会邀请西方人的。

我大部分时间都待在贵宾观众席里，听听播客，和麦克斯还有几位记者聊聊天。终于，轮到我去化妆和做发型了，然后我被带到后台见到了我的搭档撒贝宁，他是中国最受欢迎的主持人之一，我们一见如故。在彩排时，我的英文台词如丝绸般滑出喉头，却在中文段落遭遇乱流——那些声调像调皮的鲤鱼，总从舌尖溜走，而且我还在手上写了一些台词。他注意到了，但很宽容地拍了拍我的肩膀说："我们尽力就好。"

我站在舞台上，周围都是明亮的灯光和摄像机，但我在镜头前向来不会紧张——这是我的强项。我的英文台词说得很流畅，但是到了中文部分依旧有些磕磕绊绊。彩排结束后，撒贝宁表扬了我的中文，我们握了握手，然后我拉起兜帽、戴上墨镜，悄悄从后台出口离开，去赶回天津的火车。

在火车上，麦克斯看了看手机说："好消息，他们要改你的部分了，中文段落减少了。"

"谢天谢地。"我说。

"他们今晚就会把新台本发过来。下一次彩排在三天后。得赶紧熟悉哦。"

"三天？这次有多少中文啊？"

"少了一些，但他们可能会重写整个场景，所以你别出岔子。你不是说对中国的演艺界很感兴趣吗？正好来体验学习一下。"麦克斯说。

看着车窗外乡村的灯火飞速闪过，我靠在车窗上。"我会尽力的。"我又说了一遍，为即将到来的挑战做好了心理准备。

我的签证快到期了，由于春晚是一场具有里程碑意义的重大活动，我决定好好为春晚做准备，等结束后再返回美国。在美国，有一些严峻的现实问题等着我去解决。由于我长时间不在，店铺的生意陷入了极大的困境。麦克斯曾建议我关闭店铺，放弃"当铺老板"这个社交媒体账号，但我提醒她，那个店铺是我人生中的一项重大成就——是我在美国通过不懈努力经营起来的一份事业。它不仅仅是一家店铺，更是好些人的生活来源。我不能就这样把所有店员都解雇，然后弃之不管。

此外，我还想在两种身份间寻找平衡支点：一边托着橄榄枝，以美国普通公民的身份游历中国；同时也作为一名代表，友好地提醒大家，很多美国人是心怀善意、秉承全球合作理念的。在离开中国的时间里，我可以回到明尼苏达州，继续创作与"当铺老板"相关的内容，投身到我所热爱的钱币和收藏品领域。我还提醒麦克斯，保留"当铺老板"这个账号能让我继续收集与二战相关的历史物品，为它们找到合适的博物馆作为归宿。这是我无比热爱的一项事业。

我在中国期间，洛杉矶发生了毁灭性的大火——这是美国历史上最严重的自然灾害。每一则关于这场灾难造成巨大破坏的新闻报道，都让我联想到那些因未得到妥善保护而永远消失的历史珍宝。我越来越坚信，那些承载人类共同记忆的文物，应该被收藏在博物馆里，而不是私人手中。这个信念逐渐成为我作为践行者的使命——既要当穿梭于东西方的和平信使，也要成为历史长河的摆渡人。

无论如何，我都不会关闭我的店铺。我需要回到美国处理生意上的事情，而且说实话，我开始想家了，想念我的家人、朋友，尤其是我的猫。这次旅行已经彻底改写了我的人生坐标系。起初，我以为这只是一次普通的旅行，没想到它最终演变成了一段意义非凡的经历。我已经把中国当作我的第二故乡。

我订好了前往肯尼迪国际机场的机票，我将在 2025 年 1 月 29 日离开，也就是春晚结束后的第二天。

到第四次春晚彩排时，我已经结识了无数中国明星、名人，在走廊上与他们擦肩而过，互相交换联系方式，还一起合影留念。所幸我当时全然不知道他们的分量，不然我可能会激动得不知所措。后来我才知道，我曾和中国的一些顶级明星有过互动，可我当时只当他们是普通人。我觉得很有趣的是，我只是在一个节目中出现 3 分钟，却每天花 6 个小时进行排练，而且还一点都不觉得厌烦。能够目睹春晚背后的筹备过程，真的非常有意思，这可是全球最大的电视盛会啊，它由无数个这般辛苦又迷人的瞬间编织而成。

那天晚上，我获知入选了中国社交平台12月的月度精选作者。这是一项巨大的荣誉，还配有一个电子奖杯。平台请我制作一个视频，跟大家分享社交媒体运营心得。我的建议很简单：你需要有一个独特的个人形象。要想在众多的内容创作者中脱颖而出，徒有其表肯定是不行的。社交媒体是一把双刃剑，它既可能成为智慧消亡的地方，也可能成为思想丛林生长的沃土。我希望看到这个建议的人都能选择后者。

拍完视频后，我给父母打了个电话，跟他们分享了我要参加中国春晚的消息。怎么说呢，我的父母从不按常理出牌。我爸接下来说的第一句话竟然是："儿子，等一下，狗着火了。"他们养的标准贵宾犬莫名其妙地碰翻了一支蜡烛，结果就烧起来了，此刻正顶着半绺焦毛在打转。接着我妈的声音插进来，告诉我委托她照看的猫过得很滋润，她一直喂它吃拉丝奶酪。我尴尬地皱了皱眉，然而这个瞬间却浓缩了我们家那种美妙又荒诞的生活特质。

春晚当天，我到达电视台，拉起兜帽，在观众席上打了个盹儿。两个小时后，化妆师将我从梦境中捞起，叫我去做发型和化妆。我和麦克斯忙着跟中国的一些明星交流互动，我甚至还在后台跟一只机器狗玩了一会儿，这让麦克斯颇为无奈。终于到了我表演的时刻，当我精准地说出台词时，我有一种美妙的灵魂出窍的感觉。灯光、镜头、开拍，转眼间，超过 10 亿人在电视上看到了我。3 分钟很快就过去了，当最后一个尾音消散在演播厅，我知道自己尽力了。

春晚结束后，我们举行了庆祝晚宴，地点是一家由老教堂改造的美式餐厅。麦克斯问我 2 月份能不能留在中国，我告诉她自己需要回趟美国，重新整理思路，规划下一步的行动。这次旅行是我人生中很重要的一段经历，但这仅仅是个开始。

如今，离开春晚现场，我不敢相信自己已经走了这么远的路。聚光灯残留的余温尚在血管里奔涌，这不仅是一个神奇的时刻，更是一个全新人生篇章的开端，无论接下来会发生什么，我都已做好准备。

尾　声

这一刻终究还是来了——我要暂别中国了，这个待我如家人一般的国家。我不在美国的这段时间，生意举步维艰。事实上，店里 70% 的销售额都是我带来的。尽管我在离开前多雇了几个人，员工们也设法重新制定了经营策略，暂且维持住了局面，但生意还是需要我来管理，或者至少需要我来监督。

我想念我的朋友们，也需要好好梳理这一切。这次旅行改变了我的生活，过去几年里即便遭遇失败，我也始终相信自己。但我从未想过，我那些看似随意的举动，竟会在东方古国谱写出命运交响曲：埃文·凯尔成了 14 亿中国人民的好朋友？很多时候，我都感觉自己仿佛生活在某种奇异的幻想之中。

这次横贯东西的旅行让我眼界大开——不仅是对中国，更是对整个世界。我一直坚信，旅行是一个人能做的最棒的事情之一。你能学到很多东西，尤其是在异国他乡。到目前为止，这是我人生中最伟大的旅程。这漫长而神奇的 76 天，使我充满了令人难以忘怀的回忆，也结下了许多足以维系一生的情谊。

驶向机场的出租车在晨雾中穿行，气氛凝重，后视镜里倒映着大家欲言又止的面孔。这是个伤感的时刻。我走进机场，一辆载着两名警察和三名士兵的室内四轮车从旁边驶过。他们看到我后停了下来，或许为了避免围观人群聚集，警察下车后表示可以护送我，让我在机场内通行无阻。

在中国期间，我感受到了执法人员的尊重，这是旅途中最令我印象深刻的事情之一。我很好奇，等我回国告诉美国朋友们这些事时，他们会作何感想。

我们在一块巨大的航班到港和出发指示牌前停下，我录制了一段告别视频。当我开始说话时，我看了一眼麦克斯，喉头突然哽住，感到泪水已经在眼眶里打转。我完全被情绪左右了。有些人或许会对展露自己感性的一面有所顾虑，但我从不避讳表达自己的各种情绪。我强忍着泪水，向我的中国朋友们进行最赤诚的道别。

接着，我们跟随警察走到值机柜台，然后去安检。在安检入口处，我转头看向麦克斯。"一个月可比一分钟长多了，"她说，"但时间很快就会过去的。向来如此。"我们彼此拥抱。谢过护送我的警察后，我走进了安检区。当穿过安检门即将从他们的视野中消失时，我回头看到麦克斯和几个朋友还站在那里，目送着我。我又挥了挥手，就在迈步通过安检区的那一刻，我便开始想念中国的一切了。

春节假期机场里的人并不是很多。离登机还有大约两小时，我在机场一个偏僻的角落快速锻炼了一下——利用座位和地面做了俯卧撑、屈臂支撑和推举。实在做不动了，我便坐下歇了会儿，然后决定四处走走。

回到登机口时，我看到了刚到北京时第一个迎接我的警官。"当时送给你一个泰迪熊，"她说，"你还记得我吗？"

"当然记得。"我回答，"它会被送进博物馆的。"

"博物馆？"她一脸疑惑地问道。

"是的。"我说，"我收到了很多礼物，所以决定开一个友谊博物馆，把所有东西都展示出来。我收到的国礼瓷也会放进去。这样，中国人就能看到它、欣赏它了。"

"那什么时候开馆呢？"她问道。

"我也不知道，"我坦言，"这只是我正在做的三四十件事情中的一件，但我一个月后就会回来。"

"能快速采访你一下吗？"她问。得到我的同意后，她拿起手机，大约拍摄了 20 分钟。我们交谈的时候，越来越多的人注意到了我，然后围了过来。等她拍完后，已经有很多人等着和我合影了。一一合影之后，这位警官趁着空当说道："我送你上飞机吧。"然后她带我走到登机口。很荣幸，我是第一个登机的。

这架飞机很大——我以前从没坐过双层飞机。我上到二楼，找到了自己的座位，把座椅完全放倒，然后打开了一部电影。银幕上光影流转，我努力不去想最糟糕的情形：当飞机降落在肯尼迪国际机场时，联邦特工冲上飞机，给我戴上手铐把我带走。我没做错什么，但之前美国政府联系我想要拿走那本相册的事情，让我心里很不踏实。电影还在播放着，我却陷入了沉思。

回顾自己的言行，我确定自己是以普通公民的身份出现的，也没跟任何政府机构有牵连。

我作为被时代洪流推到风口浪尖的一名普通人，此刻最纯粹的身份，不过是文明对话的信使——是来促进合作、交流与对话的。

离开北京超过 15 个小时后，飞机终于降落在了肯尼迪国际机场。我戴着太阳镜（为了让虹膜适应从万米高空洒落的日光），小心翼翼地走出飞机，警惕地观察着四周。

我甚至能想象出这样的画面：5 个身材魁梧、留着小胡子的联邦特工正等着逮捕我，说不定还带着一条警犬，它的鼻尖抵住我的行李箱滚轮。

庆幸的是，这不过是我自己的胡思乱想，最惊心动魄的剧情，从来只发生在自己的颅腔剧场里。我很顺利地通过了海关，然后上了一辆出租车。出租车开动后，我彻底松了一口气。

我终于回来了。

我拖着行李箱碾过纽约的街道，感觉有些怪异。跟 2014 年我第一次来这里时相比，这座城市的卫生状况确实有所改善，但和我在中国看到的相比，还是差得很远。

更刺目的是，人行道角落里流浪者蜷缩的身影，这是我在中国旅行期间很少见到的景象。我把行李箱拖到朋友本吉的公寓前，按响了门铃。

"嘿，伙计！"本吉标志性的情绪张力先于他的声音抵达，他走出来开心地叫道。

"本吉！"我叫着，跑过去给了他一个大大的拥抱。

"中国之行怎么样？"他问道。

"哎呀，"我说，"先把我的行李搬上去，然后咱们去吃点东西好好聊聊。"

我们一直聊到凌晨。这是我第一次完整地讲述这次旅行的经历。听着自己描述其中的种种曲折，感觉很不真实。整座城市都在酣睡，而我们的影子被金色吊灯的光线拉长，为某个中国故事刻下了镀金奖章。

"我为你感到非常骄傲，"他在睡觉前对我说，"你所做的一切太不可思议了。"

第二天，我在曼哈顿四处闲逛，欣赏着周围的景色，同时也体验到了逆向文化冲击这种奇特的现象。这里的一切和中国形成了鲜明的对比——倒不是觉得陌生，只是有所不同。

在纽约期间，我跟一些朋友重逢了，其中包括罗伯特，我们像两枚错位磁极终于校准了轨道。他曾和我一起经历了那次难忘的新奥尔良之旅——我就是在那次旅行中遭遇了抢劫，当时中美关系也陷入了低谷。

他见过我最落魄、最崩溃的样子，知道我的来时路，所以他对我来说意义重大。

他说我从那以后变化很大，还提到现在的我是自他认识以来最好的状态，在我瞳孔里读到了某种淬火重生的光亮。我终于成为一个更好的人。

我尽情享用着那些一直想念的美国美食——龙虾卷、潜水艇三明治，尤其是汉堡。当黄油浸润的龙虾卷在舌尖化开，当潜水艇三明治裹挟着酸黄瓜的脆响撞上味蕾，我忽然意识到：最好的成长从不是与过去的自己决裂，而是用更开阔的眼界，重新辨识这个精彩的世界。

四天后的周日，我回到了明尼苏达州。

我在明尼阿波利斯市中心的一家高级餐厅订了 3 个人的位子。我迫不及待地想把一切都分享给父母。

“你想家了吗？”妈妈问道。

“当然，我到现在还怀疑自己是不是在做梦。”

那天晚上，因为旅途疲惫，我早早爬上床，和我的猫依偎在一起，时差与回忆在血管里横冲直撞。我在床上翻了个身，它舔了舔我的脸。我自言自语："干得好，埃文。你回来了，还做成了一些有意义的事情。希望你能继续追逐自己的梦想，过有意义的人生。"随后意识到自己的美国梦是在中国实现的，我不禁笑了起来。

第二天我像往常一样回去上班，脑袋里晕晕乎乎的。一开始和几个顾客交流时我还有点不适应。有那么一会儿，我都忘了怎么计算黄金和贵金属的价格了。但到了一天结束的时候，我又找回了往日的状态。

每天都有中国人络绎不绝地来店里和我见面，向我表示感谢，还会合影留念。很多人都带来了礼物——这些礼物我打算都带到中国，放进我希望不久后能成立的友谊博物馆里。

回国几天后，我录制了一个5分钟的视频，讲述了我的故事。

尽管我知道美国媒体对这件事会集体失声，但没想到知道我去中国旅行的美国人竟然这么少。幸运的是，这个视频发出后，在几天内就获得了数十万的点击量，看着后台数据的增长曲线比比特币暴涨还陡峭，评论区里中文与英文如潮水般高涨。

我认识的一位当地网红特地跑到店里，问起了这件事。

"凯尔，你简直像从平行宇宙穿越来的。我怎么从来没听说过这件事呢？"他问，"无意冒犯，但我差点都不相信你说的。"

"在我去了中国并经历了这一切之后，我形成了这样一种看法，那就是西方媒体总是关注负面新闻和制造恐慌。这都是靠博人眼球来获利的诱饵。他们对这个故事视而不见。中国的记者告诉我，他们联系了明尼苏达州当地的媒体，没人回复他们的电话。"

"但你有什么证据证明你在中国很受欢迎吗？"在他眼里，这些数据在信息洪流里连水花都算不上，仿佛是我自己在兜售东方幻梦。

我给他看了春晚的录像，但他没有领会其中的意义。我又给他看了很多中国之行的照片，他依然不屑一顾，还说："这只是些游客照。看起来没什么特别的。"

他的怀疑很奇怪，也出乎我的意料。但当一群中国年轻人激动地走进店里时，我的话得到了证实。他们见到我非常兴奋，甚至还带来了礼物。

那位网红在人群前突然安静，像被按下暂停键的小丑。

我看着他说："现在，你该相信我了吧？"

他迅速换了副面孔："太不可思议了。这真是个了不起的故事，甚至都可以拍成一部电影了。"

我曾无数次问自己，我是怎么走到今天这一步的？事情的发展真是充满了戏剧性。这是一个只会出现在互联网时代的故事。

莫名其妙地，我就成为地球上两大超级强国之间友谊的信使。我必须极其谨慎和负责任地对待这件事。我有绝佳的机会去维护和捍卫这份荣誉，既要斩断偏见铸就的铁幕，更要劈开误解滋生的荆棘。我的使命是做一个站在文明十字路口的守护者，促进两国人民之间积极的对话。

我忍不住暗自思忖：如果这里的每个人都有机会去中国旅行，那会产生怎样的影响呢？中国社会的一些特色在美国永远行不通，但仅仅是看到并理解这些差异就已经意义重大了。差异从来不是鸿沟，而是照见彼此的明镜。

我又想起了此前站在横跨高速公路的天桥上透过铁丝网看到的景象。车辆朝着两个不同的方向行驶，划出迥异的轨迹，但都有一个共同的目的：每个人都在前往某个地方。

不管我们是朝着不同的方向前进，还是在车流中以不同的速度行驶，这都不重要。我们都是人类。我们流着同样颜色的血。我们的国家和价值观可能不同，我们前进的方向看似也不一样，但我们不能忘记一个重要的事实，那就是我们都有一个目标：希望生活变得更好。

或许真正的文明对话，始于承认每条车辙都有权利奔向各自的日出，人类文明从来不是非此即彼的选择题，偏见会筑起高墙，敌视和对立只会让我们迷失方向。

一个人的生命长度是有限的，但他却可以无限拓宽生命的广度。在这个动荡不安的世界里，我希望能做出一些贡献，让世界更美好。我之所以走到今天，就是因为追随自己的内心，做了我认为正确的事，而这也改变了我的人生——这也证明了一个人坚持做正确的、合乎道德的事情具有多么大的价值。我们生活在一个有诸多缺陷的世界里，但命运赐予的剧本从不是单行道，我希望人们看到我的故事后，能受到鼓舞，坚守自己的道德准则，做更多对他人、对这个世界有意义的事情。

在我写下这些文字的时候，距离我捐献那本二战相册已经过去两年多了。在这两年间，我已经做了很多自己以前想都不敢想的事情，收获了很多足以温暖我整个余生的友谊。

我还年轻，未来的人生道路还很长，在有生之年我会继续遵从自己的内心，尽我所能多做善事，因为每个微小善举都是投向黑暗深渊的星子，最微弱的萤火，也有星辰般的光芒。至于其他的一切，都交给时间来作答。